Petite fabrique des rêves
et des réalités

DU MÊME AUTEUR

Meuse l'oubli, *roman, Balland, 1999, nouvelle édition Stock, 2006*

Quelques-uns des cent regrets, *roman, Balland, 2000*

J'abandonne, *roman, Balland, 2000, nouvelle édition Stock, 2006*

Le Bruit des trousseaux, *récit, Stock, 2002*

Nos si proches orients, *récit, National Geographic, 2002*

Carnets cubains, *chronique, librairies initiales, 2002 (hors commerce)*

Les Petites Mécaniques, *nouvelles, Mercure de France, 2003*

Les Âmes grises, *roman, Stock, 2003*

Trois petites histoires de jouets, *nouvelles, éditions Virgile, 2004*

La Petite Fille de Monsieur Linh, *roman, Stock, 2005*

Le Rapport de Brodeck, *roman, Stock, 2007*

OUVRAGES ILLUSTRÉS

Le Café de l'Excelsior, *roman, avec des photographies de Jean-Michel Marchetti, La Dragonne, 1999*

Barrio Flores, *chronique, avec des photographies de Jean-Michel Marchetti, La Dragonne, 2000*

Au revoir Monsieur Friant, *roman, éditions Phileas Fogg, 2001* ; éditions Nicolas Chaudun, 2006

Pour Richard Bato, *récit, collection « Visible-Invisible », Æncrages & Co, 2001*

La Mort dans le paysage, *nouvelle, avec une composition originale de Nicolas Matula, Æncrages & Co, 2002*

Mirhaela, *nouvelle, avec des photographies de Richard Bato, Æncrages & Co, 2002*

Trois nuits au Palais Farnese, *récit, éditions Nicolas Chaudun, 2005*

Fictions intimes, *nouvelles sur des photographies de Laure Vasconi, Filigrane Éditions, 2006*

Ombellifères, *nouvelle, Circa 1924, 2006*

Le Monde sans les enfants et autres histoires, *illustrations du peintre Pierre Koppe, Stock, 2006*

Quartier, *chronique, avec des photographies de Richard Bato, La Dragonne, 2007*

Philippe Claudel

Petite fabrique des rêves et des réalités

Stock

Photos : © Karine Arlot

ISBN 978-2-234-06142-2

À Liliane Rodde,
avec toute mon affection.

Sait-on jamais d'où viennent les désirs et comment naissent les histoires ? Sommes-nous de grands orphelins qui créent des images pour être un peu moins seuls et un peu plus aimés ? Pourquoi la vie ne nous suffit-elle pas, et quel besoin opiniâtre avons-nous d'en saisir les reflets ?

Abîme

J'ai toujours aimé les vertiges et les chutes. Tout ce qui est lisse et plat m'ennuie, et je ne trouve matière à réfléchir et à créer que dans l'accident, les ruptures, le bord extrême des gouffres. Tous mes romans cheminent sur des frontières, des arêtes, dans la proximité des abîmes qui guettent nos existences à la façon des sirènes d'Ulysse. Cette histoire d'images n'échappe pas à la règle et il m'a fallu vaciller longuement pour parvenir à la dire et à la filmer.

Pour autant, l'abîme est une notion très littéraire. C'est un nom pour les poètes, un joli mot tout frotté de mythologie. On pourrait presque s'en moquer. Alors que le mot *abîmé* nous est immédiatement familier. On pourrait l'inviter dans notre cuisine ou dans une conversation de tous les jours. On l'emploie davantage pour les choses, les objets, que les êtres humains. Est-ce à

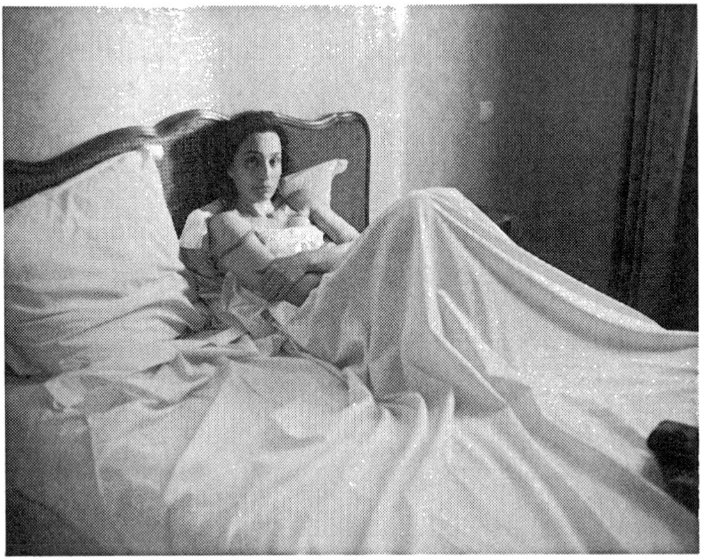

dire que nous ne supportons pas l'abîme, que nous n'y résistons pas ? Et que dès lors que nous y chutons, nous ne pouvons y survivre ?

Le personnage de Juliette s'est laissé chuter. Elle est descendue au plus bas, volontairement. Elle a tourné le dos à tout soleil, pensant qu'elle ne le méritait plus, et pourtant, c'est bien vers le soleil que les autres la convaincront d'aller de nouveau.

Absence

Il y a longtemps que je t'aime est une photographie de l'absence, des absentes et des absents. Je voulais réfléchir sur cette anti-matière de nos vies. Comment parvenons-nous à vivre dans l'absence des êtres aimés, que cette absence soit brutale et définitive comme celle que la mort installe ou qu'elle soit temporaire, passagère. Pierre, son fils, est mort, et Juliette reste en vie, mais toute sa vie, elle la centre sur cette absence, choisissant elle-même de s'absenter de toute forme d'existence sociale, familiale, humaine, amoureuse pour n'être plus qu'un être creusé par le vide et la perte. Victime de l'absence majeure de l'être qu'elle chérissait le plus, elle devient elle-même l'absente pour Léa, sa jeune sœur, sans se soucier des conséquences que ce retrait provoquera.

Mais au-delà de ces pertes, ce qui m'intéressait aussi, c'était de savoir si nous parvenons à combler l'absence, à retrouver l'autre, à aller de nouveau vers lui. Juliette et Léa, séparées durant quinze années, sont devenues des étrangères l'une pour l'autre, alors qu'elles ont été tellement proches jadis. Il se trouve que dans le film, c'est un drame qui provoque cet éloignement et cette rupture, mais parfois, c'est le cours de la vie, dans ce qu'il a de plus simple et de plus banal, qui nous éloigne de ceux qui nous ont été proches, qui nous en sépare, qui nous fait disparaître les uns aux autres, et lorsque, plus tard, des années après, la même vie dans ses caprices et ses accès d'ironie nous réunit de nouveau, souvent la gêne s'installe après les premiers mots, nous ne savons plus trop quoi nous dire, comme si le temps avait agi à la façon d'un rasoir pour séparer à jamais ce qui avait été uni, et qui ne peut en aucun cas être recollé.

Accent

Lors de notre première rencontre, je me souviens que Kristin m'a demandé si son accent anglais ne me posait pas de problème, me disant qu'apparemment, il gênait des metteurs en scène en France. Je lui ai répondu que dans les films de Claude Sautet, personne n'était dérangé par l'accent allemand de Romy Schneider, que l'histoire n'expliquait jamais d'ailleurs. Au long des jours de tournage, j'avais fini par oublier totalement l'accent de Kristin, et puis, par moments, je ne sais pas à la faveur de quelle circonstance, il revenait dans mes oreilles, à la façon d'une mélodie agréable, étrange et mystérieuse, et je me disais alors qu'il accentuait la complexité et le décalage du personnage de Juliette.

Accident

Nous avons frôlé le pire lorsque la patte soudée d'un gros projecteur d'une dizaine de kilos a cédé et qu'il est tombé sur la tête de Christophe, un électricien qui se trouvait juste en dessous. Miraculeusement, il s'en est tiré avec une grosse bosse, quelques points de suture. Un petit rien pour un rugbyman comme lui. Aujourd'hui, et sans doute pour sa vie entière, il garde gravé sur son crâne un souvenir d'*Il y a longtemps que je t'aime*.

ACTEURS

Il me serait, je crois, très difficile de tourner avec des acteurs que je n'apprécierais pas sur le plan humain. J'ai besoin de ressentir une forme de camaraderie, de proximité avec les acteurs. C'était en tout cas très net sur ce film. Peut-être parce que les rôles masculins principaux incarnés par Serge, Laurent, Frédéric, Mouss, Olivier témoignent tous les cinq d'une facette de moi-même, et qu'il aurait été impossible de tenir totalement à distance ces miroirs vivants, sans entretenir avec eux une complicité réelle, quand bien même je la savais temporaire. Ce qui est curieux, c'est que je n'étais pas du tout dans le même état d'esprit, ni le même besoin, avec les actrices. Je les voyais avant tout comme des comédiennes, alors que pour les acteurs, je voyais des hommes, qui avaient le même âge que moi, avec lesquels je discutais, je buvais un verre, et que je faisais passer de temps à autre devant la caméra. Mais ces passages de l'autre côté ne constituaient pas à mes yeux l'essentiel dans notre relation.

Action

Le bonheur de lancer, au milieu d'un plateau que je sentais concentré à l'extrême, le premier « *action* » du tournage, qui est le véritable sésame du rêve. Le frissonnement que j'en ai éprouvé. Puis les centaines d'autres qui ont suivi, comme des sortes d'échos qui prolongeaient et augmentaient le rêve, l'actualisaient chaque jour en l'amplifiant.

Actrices

Il y a longtemps que je t'aime est aussi, ou surtout – je ne sais pas trop comment dire en fait –, un film d'amour pour les femmes, et pour les actrices en particulier. J'ai toujours trouvé les femmes beaucoup plus fines, intelligentes et fortes que les hommes. Plus belles aussi, à tel point que je ne parviens pas à trouver une femme laide, et même si son physique est loin d'être parfait, je trouve toujours de la beauté dans ses traits. Les images de femmes au cinéma ont accompagné ma vie, et j'ai entretenu de longues relations, sans qu'aucune bien sûr ne le sache jamais, avec Silvana Mangano, Françoise Fabian, Irène Papas, Dominique Sanda, Christine Boisson, Angela Molina, et plus récemment, Naomi Watts, Nicole Kidman, Ludivine Sagnier, Céline Sallette.

Les actrices font plus que jouer des rôles dans des films. Elles jouent un rôle dans notre vie, sans le savoir. Ce pouvoir qu'elles ont, mieux vaut pour elles qu'elles l'ignorent et qu'elles s'en préservent. L'être humain n'est pas fait pour être ainsi pulvérisé dans des centaines de milliers d'existences afin d'y tenir une place intime et parfois prépondérante.

Sur un tournage, nous les pensons si fragiles, et sans doute beaucoup d'entre elles le sont, que nous les traitons comme des animaux délicats ou des êtres qui seraient sans cesse sur le point de se briser. En témoignent simplement toutes les précautions prises, avant et après une scène. Encagées dans leurs loges, on ne les fait sortir qu'au dernier moment, avec d'infinies précautions, quelques mots choisis, murmurés plutôt que dits. On les accompagne sur le plateau en les protégeant du froid, du vent, de la pluie, du soleil, en les abritant sous des parapluies, des ombrelles, des imperméables, des laines polaires. Puis, sitôt arrivés près des projecteurs, on les débarrasse de tout cela, un peu comme on retire de la tête du faucon le bonnet de cuir tressé qui l'aveugle, afin que sur un geste ou une simple parole, il puisse prendre son envol et commencer sa chasse. Metteur en scène chasseur ou dompteur, en tout cas prédateur. Me revient cette image que j'avais vue, enfant, de Cecil B. De Mille, habillé comme s'il partait pour un safari, tenant un fouet à la main, et dirigeant une scène dans un décor reconstitué à

Hollywood. J'avais alors songé à tous les marchands d'esclaves.

Amoureux

Je ne sais pas s'il faut être amoureux de ses actrices pour bien les filmer. En tout cas, moi, je ne l'ai pas été. À aucun moment du tournage, ni même avant. On raconte tellement de choses à propos de la relation d'un metteur en scène et de ses comédiennes. Et puis le cinéma, qui est aussi une formidable mécanique à fabriquer des histoires, enfante ses propres mythologies qui mélangent le vrai et le faux, les fantasmes et les suppositions. Je ne regardais pas les actrices, je les regardais devenir leur personnage, et mon souci constant était de vérifier qu'elles le devenaient parfaitement, que l'enveloppe de leur corps, de leur âme, de leur geste, s'ouvrît pour accueillir celles qu'elles devaient incarner. Ce n'est que beaucoup plus tard, peut-être au milieu du montage, le film commençant à exister, que je me suis surpris à éprouver une véritable fascination pour cette capacité qu'elles avaient eue toutes les deux à devenir ce que je voulais qu'elles fussent, c'est-à-dire Juliette et Léa.

Ange

Quand j'ai revu cet ange du musée des Beaux-Arts de Nancy, que je connaissais bien, suspendu au-dessus du grand escalier blanc, j'ai immédiatement songé à l'enfant perdu, l'enfant lointain, mort, qui ne demeure vivant que dans le cœur et la mémoire d'une seule personne, sa mère, cet *enfant éternel* pour reprendre le titre magnifique d'un livre de Philippe Forest, que je n'ai jamais pu terminer car la douleur provoquée par sa lecture était trop forte pour moi qui à cette époque étais un tout nouveau père. C'est la re-découverte de cet ange, durant une de mes visites de repérage, qui a conduit à l'écriture de la séquence durant laquelle Juliette, l'apercevant, va vers lui, puis ensuite, en compagnie de Michel, s'arrête quelques instants sous ses ailes, séquence qui au départ n'existait pas dans le scénario. Dans cette histoire qui met en scène des matériaux durs, des angles droits, des stries, des portes, des barreaux, l'ange m'a permis de parler de l'aérien, de l'envol, de la légèreté, de la grâce. Son sourire n'est qu'une esquisse de sourire. On peut l'interpréter de mille façons.

J'aime beaucoup les anges. J'aime beaucoup les films avec des anges et *La vie est belle* de Frank Capra, grand film d'anges s'il en est, reste un des moments intenses de ma vie de spectateur.

101

① Bamakolé
② [illegible]

Léa [illegible]
Jamie

Léa c'est Jamie, j'ai les résultats des analyses de leucodystrophie, la maladie [illegible] de Krabbe,

Léa, c'est Jamie. J'ai les résultats [illegible]. Elle révèle que le bébé était atteint de la maladie de Krabbe. C'est une maladie très grave, Léa. Elle affecte [illegible] les enfants [illegible]. Elle attaque le système nerveux [illegible] [illegible] [illegible] symptômes. Ça a [illegible] traitement [illegible]. Ça est totalement [illegible]. C'est triste. Voilà [illegible]. Vos enfants, [illegible].

[illegible]

101

101

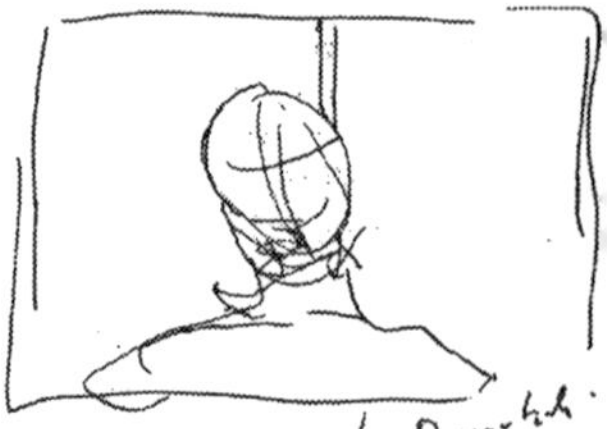

c'est Bamakolé

101

[illegible]

Après

Quand peut-on dire d'un film qu'il est terminé ? À quel moment peut-on le dire achevé ? Les dernières étapes techniques, étalonnage définitif, tirages des copies en 35 mm, pourraient signer cette fin, au-delà de laquelle le metteur en scène ne peut plus intervenir sur son travail pour l'ajuster encore. Pourtant, je ne peux m'empêcher de penser qu'un film n'est fini que lorsque le dernier spectateur l'a vu, et qu'après lui, il n'y en aura plus d'autres, moment qu'on espère évidemment le plus tardif possible. Le sentiment de dépossession m'a toujours guidé et soutenu dans mon écriture : le roman achevé ne m'appartient plus, c'est au lecteur de s'en emparer et d'en faire ce que bon lui semble. C'est à lui de le faire vivre, de le tordre à sa guise, de l'intégrer dans son existence, de le réécrire. J'ai eu le même sentiment en faisant ce film. Il reste vivant, et donc modifiable, tant qu'il y aura des yeux pour le voir et des cœurs pour le comprendre.

Argent

Le plaisir coûteux du cinéma, et qui donc rend coupable. Une culpabilité qui ne me quittait jamais – qui est toujours là d'ailleurs – et à laquelle je songeais chaque jour durant le tournage : autant d'argent pour matérialiser le désir d'un seul homme. Mais peut-être finalement m'a-t-elle servi et aidé cette culpabilité ? Comme si à elle seule elle avait affirmé et rendu encore plus aigu un constant désir d'exigence.

Auditorium

J'ai beaucoup aimé ces moments où se brouillent les frontières des jours et des nuits, où l'écoulement des heures se tarit comme les derniers filets d'eau sortant du bec des fontaines, dans un été de canicule. Il n'y a plus que du noir. Durant quelques semaines, on vit dans un univers de ténèbres et l'amortissement des sons du dehors. C'est-à-dire qu'on entre de plain-pied dans cette matière noire qui est constitutive du cinéma. Les auditoriums sont de grandes cavernes où l'on projette des images, entre leurs murs tapissés de liège, ou de caissons, ou de matières qui boivent les bruits comme le buvard l'encre renversée. Il y a le volume immense de l'auditorium, la lourde porte et son mécanisme de coffre-fort qui nous retranche du dehors, l'obscurité à peine éclaboussée par l'image du film qui défile sur le grand écran, et par les dizaines de lumières, vertes, rouges, jaunes, bleues, blanches, de la grande console de mixage qui me faisait à chaque fois immanquablement songer au poste de commandement d'un vaisseau spatial embarqué pour des siècles dans une odyssée au travers des galaxies.

C'est dans ce laboratoire clos que se constitue la chair sonore du film, dans un constant et délicat équilibrage des matières enregistrées et ajoutées, des paroles, des bruits, des musiques, opéré par Gérard Lamps, le mixeur, mais que je voyais souvent comme un cuisinier élaborant un plat complexe dont il ne faudrait pourtant, au final, retenir que la simple évidence.

Autobiographie

Curieusement, ce film est imprégné de beaucoup plus d'éléments autobiographiques que bon nombre de mes romans. Je ne saurais expliquer pourquoi l'image a ainsi attiré à elle autant de reflets et d'interrogations qui concernent ma vie intime. Sans doute cela tient-il au pouvoir, quasi magique, de dévoilement du cinéma. Lorsque je parle d'autobiographie, c'est en partie au sens restreint et commun du mot, mais aussi dans une dimension plus particulière : le film est aussi autobiographique dans la mesure où il est une mise au point très personnelle d'une sorte d'état de ma création. Reprenant, approfondissant, réexplorant des thématiques que j'avais pour certaines d'entre elles envisagées dans mes livres, il offre en quelque sorte un bilan de mon univers et de mes préoccupations. Je ne me suis pas rendu compte de cela tout de suite, mais seulement à mesure que se construisait le travail.

AUTRES

Une phrase de Céline dans le *Voyage au bout de la nuit*, et que je cite de mémoire, m'a constamment tenu en éveil depuis le jour – déjà très lointain, j'avais une vingtaine d'années – où je l'ai lue : « *On ne sait jamais rien de la véritable histoire des autres.* » Il me semble, à bien à y réfléchir, que la plupart de mes romans, peut-être même tous, sont nés de cette phrase qui, en même temps qu'elle inaugure un mystère – tout livre sur les autres devenant alors une enquête policière –, provoque le désir de se rapprocher plus encore des autres afin de leur faire comprendre que nous sommes là, tout près d'eux, et qu'ils peuvent s'ouvrir à nous s'ils le souhaitent, et nous dire cette *véritable histoire* dont on pressent qu'elle est source pour eux de douleur. *Il y a longtemps que je t'aime* aurait pu s'appeler *Les Autres*, s'il n'y avait pas eu le magnifique film d'Alejandro Amenábar. Car c'est un film sur les autres, sur ce que les autres font ou ne font pas pour nous, sur le regard qu'ils posent sur nous, sur la façon dont ils nous excluent de leur vie et sur leurs tentatives pour nous y inclure de nouveau, sur la richesse qu'ils représentent pour nous, sans que nous le sachions toujours, sur notre difficulté à nous ouvrir à eux et à leur dire que sans eux, nous ne serions rien.

Avant

À mesure que la date du tournage approchait, mon angoisse augmentait. Une angoisse qui n'était pas liée au tournage lui-même, mais à la possibilité soudaine qu'il n'ait pas lieu comme cela arrive de temps à autre, le plus souvent parce que le budget nécessaire n'a pu être totalement réuni, comme si on s'apprêtait à me retirer le tapis volant que j'avais sous les pieds, et qu'ainsi je chute de très haut.

Beauté

Je n'ai jamais recherché le beau, je n'ai cherché que le vrai. L'esthétique du film, si tant est qu'il en ait une, se résume à l'esthétique du vrai, du sincère et du naturel. Je voulais que le spectateur puisse oublier le plus possible tous les artifices qui l'auraient conduit à adopter, par exemple, une position d'admiration pour ce qu'il voyait, pour la beauté d'un mouvement, d'un cadre, d'une lumière sur un visage. Cela, je n'ai cherché à le provoquer qu'en des circonstances très particulières et réduites du film : dans une des séquences de fin, au musée, lorsque Juliette et Michel s'arrêtent sous l'ange baroque, par exemple, ou bien encore dans le début de la première séquence à la piscine lorsque la caméra dans un mouvement ascendant nous fait découvrir le cadre dans lequel se baignent Léa et Juliette. Dans ces deux cas, si le spectateur se dit que l'image qu'il voit est belle, il ne fait qu'éprouver ce que ressent Juliette, et approcher le bien-être qui est le sien dans ces moments, bien-être qu'elle ne pensait plus possible. Mais pour le reste, je pourrais presque dire que j'ai chassé la beauté, je l'ai proscrite, sans pour autant verser dans un naturalisme des lumières ou des décors qui aurait aussi été un parti pris esthétique condamnable.

Blessures

Quelle vie ne blesse pas celles et ceux qui la traversent ? Parmi les rêves que je fais de façon récurrente, il en est un qui a toujours illustré à mes yeux la façon dont la vie nous travaille : je suis saisi par une énorme main qui ne semble reliée à aucun corps, et cette main me frotte contre une énorme râpe à fromage en inox étincelant comme si j'étais un simple morceau d'emmental. Curieusement, je ne ressens aucune douleur, mais je vois mon corps écorché disparaître peu à peu en copeaux, poussière, sciure de chair.

Il y a quelques grandes blessures et beaucoup de blessés dans le film, à des degrés différents. Tous ou presque témoignent de ce pouvoir d'entailler les êtres qu'a la vie. Comme si vivre, c'était devoir rester debout, alors que bien des météores tentent de nous abattre.

Bruits

J'ai souvent ennuyé toutes les personnes qui ont construit le son du film en leur disant qu'il nous faudrait travailler sur la renaissance progressive des bruits. Filmant la résurrection d'une femme, son retour vers le monde du dehors, la vie, les échanges, les sentiments, les odeurs, les couleurs, les musiques, les paroles, je voulais que la bande sonore témoigne aussi de cette évolution, et que dans un premier temps, dès lors que le personnage de Juliette était à l'écran, on comprenne bien que ce que l'on entendait, c'était sa propre perception des bruits qui était assez proche d'une forme de surdité. En exagérant un peu, il fallait donner l'impression que Juliette se trouvait dans une sorte de cloche à plongeur, et que très peu de matière sonore parvenait jusqu'à elle. Durant le tournage, Pierre Lenoir a donc adapté ses prises de son en fonction de cela, et ensuite, Stéphane Brunclair, le monteur son, a essayé, comme je le lui avais demandé, d'éliminer certains bruits, toujours dans cette perspective de solitude sonore, en même temps que d'en ajouter d'autres : j'avais eu l'idée de construire le son parfois en décalage avec ce que l'image montrait, et notamment, je me disais qu'il serait intéressant de coller des sons de prisons (portes, serrures, pas sur les coursives, voix qui résonnent, barreaux que l'on fait tinter, etc.) sans aucun rapport avec les lieux qui étaient ceux du décor alors présents à l'image. Ces bruits formaient dans mon esprit comme l'univers mental de Juliette dont elle avait du mal, évidemment, à se défaire. Les essais que nous avons faits n'étaient pas tous concluants, car ils marquaient cela avec beaucoup trop d'évidence. Ce qui fait qu'au final, nous avons gardé très peu de choses. Quelques éléments sont placés ici ou là. Pour qui tend bien l'oreille, cela devient évident, sinon on peut juste être alerté par une forme de désynchronisation qui, je l'espère, fait naître un petit malaise. Mon désir aussi était de faire le moins de post-synchronisations possible, et cela a été le cas, grâce il faut le dire au travail impeccable de Pierre Lenoir et de Denis Carquin, son perchman. Le son direct a une évidence et un naturel, une chair, qu'il est très difficile de retrouver par la suite. De la même façon, avec Stéphane, nous avons davantage filtré, amputé, nettoyé, qu'enrichi. Dans les ambiances de maison notamment, et plus généralement dans tous les lieux clos, ce qui m'importait, c'était le vide, le silence relatif et l'attention donnée aux paroles des personnages. Je voulais que l'on soit sur les paroles, et que rien ne nous en distraie.

Le travail sur le son est des plus passionnants qui soient, et j'avais la chance, là aussi, de la prise de son jusqu'au mixage, d'être aidé par des personnes remarquables. Trop de films me donnent l'impression d'avoir négligé le son et ses immenses possibilités narratives. Le but du jeu n'était pas de créer un son réaliste, mais plutôt un univers sonore impressionniste – sans aller toutefois jusqu'à ce que Gus Van Sant avait formidablement fait dans *Last Days* – qui témoigne de l'évolution intérieure d'un personnage et de son rapport au monde. Si le son peut dire des choses, ce n'est pas, à mon avis, dans sa diabolique précision à nous faire entendre le frottement d'une patte de mouche sur le vernis d'un meuble, mais dans sa dimension de *dérangement* de l'histoire que l'image installe, dans sa contribution à la mise en place d'une ligne de sens qui a sa logique propre, tout en étant au service d'un ensemble.

Cadre

Je crois que Godard a écrit ou dit un jour que le cadre était une affaire de morale. C'est une belle phrase, même si je ne sais pas exactement ce qu'elle veut dire, si même elle veut dire quelque chose d'ailleurs. Peut-être Godard, qui est aussi bon écrivain, en tout cas penseur à haute voix, que cinéaste, l'a-t-il lancée comme cela, par pure provocation ? Ou peut-être est-elle plus simple qu'il n'y paraît : chaque décision que l'on peut prendre à chaque minute de la fabrication d'un film est d'une importance extrême, et cette décision, qu'elle concerne le cadre, la lumière, la valeur du plan ou autre chose, témoigne d'un engagement dans sa façon de filmer.

J'ai pensé une fois à Godard, durant le tournage. J'étais revenu tard à la maison, nous tournions de nuit, et comme chaque fois que je rentre tard, d'une rencontre avec des lecteurs par exemple, j'ai allumé la télévision, moi qui ne la regarde plus. Ce soir-là, je suis tombé sur une rediffusion de *Pierrot le Fou*, que j'ai suivi pendant une vingtaine de minutes en buvant un verre de vin. J'étais saisi par la beauté des images, par la grâce qui se dégageait du jeu des acteurs, par le côté « ballet » qui marquait leurs mouvements. Je suis allé me coucher en étant heureux. Je crois que c'est la seule fois, pendant les moments du tournage, où j'ai pensé à un cinéaste. Je n'ai jamais guidé mes choix par rapport à quelqu'un ou contre quelqu'un. J'ai passé depuis longtemps l'âge des maîtres, et si je me suis plu à reconstituer par moments, dans le film, un univers de références littéraires, cinématographiques, picturales, c'est davantage pour y exprimer une sorte d'autobiographie décalée.

Pour en revenir au cadre, je dirai que je l'ai composé la plupart du temps comme un peintre, en essayant d'équilibrer les masses, ou de les déséquilibrer, et en essayant aussi de faire vivre tout ce qui était exclu par lui. Si ce que l'on montre est important, ce qu'on choisit de ne pas montrer l'est tout autant. J'avais le désir que le choix des cadres et des valeurs de plan opère une sorte d'absorption du spectateur. Mon désir était que le spectateur ne soit pas dans une salle à regarder une histoire défilant sur un écran, mais vienne s'installer dans l'histoire elle-même, aux côtés des personnages.

CAMÉRA

La belle voleuse. L'objet du Diable. Tous les jours, durant les trois semaines où nous avons tourné dans la maison, qui est le décor principal du film, j'arrivais le premier. Il n'y avait là que le gardien de nuit, qui s'en allait alors. Avant que l'équipe n'arrive, je demeurais seul dans ce grand lieu abandonné de tous, que rien ne faisait vivre encore, et qui était empli de toutes les choses et de tous les objets que nous y avions laissés la veille au soir, en partant. Et parmi tous les objets et toutes les traces laissés par le tournage, comme des débris apportés par une marée étrange et disparue, la caméra tenait pour moi une place centrale, celle du témoin qui dort, une sorte d'œil froid et noir imposant une forme de silence et de respect. Parfois je la touchais, je l'effleurais, comme pour lui dire que nous allions recommencer. Peut-être aussi pour m'attirer ses grâces.

Casting

C'est un grand jeu de cartes que l'on dispose devant soi, en soi aussi, avec des figures de reines et de rois, de valets et de servantes. On bouge les cartes, on crée des couples, on combine, on assemble, on bat, on sépare. Mais bien sûr, d'autres mains interviennent, des événements aussi, qui font que le choix que vous aviez fait devient possible ou impossible, et que dans votre jeu idéal, certaines cartes se consument et volent ailleurs, au dernier moment parfois. Il y a de la magie dans cette étape, du merveilleux, de l'incertain, et le hasard peut se faire le plus beau des partenaires.

J'ai pris autant de soin à choisir les comédiens qui tiendraient des rôles très secondaires que pour ceux qui allaient être au premier plan. J'avais le souci, en plus de celui de prendre des gens de talent, de les harmoniser entre eux, afin d'accentuer la crédibilité de chaque personnage.

Chronologie

Quelques metteurs en scène parviennent à tourner leurs films dans l'ordre chronologique de l'histoire. Ken Loach est de ceux-là, m'a-t-on dit. Cela doit considérablement augmenter le budget d'un film, mais sans doute certains sujets s'y prêtent-ils plus que d'autres. Je n'ai jamais vraiment eu ce désir, même s'il me semblait impératif de tourner la dernière scène le dernier jour – ce que nous avons quasiment fait. Avec le recul, je pense même que cela aurait été une très mauvaise chose, et qu'une insupportable monotonie se serait installée, pour moi en tout cas. Aller et venir dans l'histoire, tourner dans une même journée des scènes éloignées les unes des autres, c'est en fait la creuser d'une étrange et féconde façon, et retrouver presque ce plaisir de l'aveuglement – ne plus savoir où on en est – que j'aime tant dans l'écriture romanesque. Être déboussolé dans un univers néanmoins connu amène à reconsidérer l'ordre rassurant de l'histoire. On éclaire ainsi de lumières et de questions nouvelles ce qu'on pensait maîtriser parfaitement. De nouveau, on invite le danger, qui est pour moi une des conditions essentielles de toute création.

Cigarettes

Dans le scénario, le personnage de Juliette ne fumait pas. C'est au cours d'une de nos deux séances préparatoires de travail que Kristin m'a dit : « Tu ne crois pas que Juliette devrait fumer ? » Je me suis ensuite demandé comment je n'y avais pas pensé, tant ce détail – moi qui les aime tant – était intéressant pour le personnage. J'ai répondu à Kristin que j'étais d'accord à condition qu'elle fume vraiment, qu'elle ne fasse pas semblant. Ensuite j'ai réfléchi au choix des cigarettes qui me semblaient correspondre à Juliette. J'ai sélectionné quatre sortes : Camel sans filtre, Craven A sans filtre, Pall Mall sans filtre, et Lucky Strike sans filtre. Pourquoi celles-là et pas d'autres ? Déjà parce que jadis je les avais toutes fumées, et surtout parce que je trouvais leur emballage original et beau, un peu décalé par rapport à ce que la majorité des gens fument. Juliette n'est pas une femme ordinaire et je ne voulais pas pour elle des cigarettes ordinaires. Mon choix s'est finalement porté sur les Pall Mall. La raison en est simple : ce sont les plus épouvantables à fumer. Je voulais qu'on sente cela à l'image. Juliette fume mais en même temps on sent que cela lui est pénible, presque comme s'il s'agissait d'une punition. Le paquet, rouge, avait son importance aussi. Souvent, le paquet est serré dans la main, trituré, comme un petit corps, ou glissé sous le pull, près du sein. C'est un objet avec lequel Juliette entretient une grande intimité et dont elle se détache peu à peu lorsqu'elle commence à aller mieux.

Cinéma

La petite ville où j'ai grandi et dans laquelle je vis toujours comptait au temps de mon enfance trois cinémas pour dix mille habitants. Depuis bien longtemps, ils ont tous disparu. Nous fréquentions surtout le Georges, lors des séances du dimanche après-midi qui étaient les plus courues par les enfants et les adolescents. C'était un cinéma avec parterre et balcon, et nous choisissions toujours le balcon afin de pouvoir envoyer différents projectiles, cacahouètes, boulettes, papiers de bonbons sur la tête des filles qui, je ne sais pas en raison de quelle attitude sacrificielle, restaient de dimanche en dimanche à ces places très exposées.

Ce que j'aimais par-dessus tout, c'était lorsque le noir envahissait la salle, que le silence se faisait, et que l'on sentait tout autour de soi les dizaines de regards orientés vers la même direction, comme aimantés par l'écran sur lequel n'avaient pas encore défilé les premières images. Le cinéma est un art qui se fabrique à plusieurs et qui se regarde à plusieurs, contrairement à la littérature, qui s'élabore dans la solitude et se lit dans la solitude. C'est de ce nombre, de cette réunion – d'inconnus la plupart du temps – que naît une des composantes de ce qui fait la beauté du spectacle cinématographique. Plongés dans une nuit qui est celle de l'attente, unis par ce matériau de ténèbres, par cette noirceur qui nous agrège les uns aux autres, nous autres spectateurs vivons *ensemble* les douleurs, les rires, les émotions, les drames et les espoirs incarnés par les figures mobiles qui défilent sur l'écran. De la même façon qu'un comédien de théâtre *sent* la salle devant laquelle il joue, un spectateur de cinéma *sent* la salle dans laquelle il se trouve, et les vibrations de cette chair vivante, autour de lui disposée, comme lui tendue vers le même objet, participent à l'incandescent plaisir d'être là, de regarder, de frémir, de sourire ou de souffrir. Le cinéma, c'est autant la salle que l'écran, c'est de la réunion de ces deux espaces que se nourrit sa magie.

Les films des dimanches, au cinéma Georges, étaient des comédies qui m'ont toutes enchanté. Mes premiers furent la série des *Gendarmes* de Jean Girault, les films de Gérard Oury – combien de fois, et avec quel bonheur, ai-je vu *La Grande Vadrouille* ? –, les premiers films de Claude Zidi avec les Charlots, etc. Je me souviens encore des réactions de la salle, ondulante comme un serpent pris d'un éclat de rire, à la suite de tel ou tel gag ou mimique de De Funès. Je regardais l'écran, mais je tentais aussi d'apercevoir les visages. Je voulais, en plus de mon propre bonheur, contempler celui des autres. Les dimanches, je connaissais deux foules : celle du matin, à l'église, durant laquelle je servais comme enfant de chœur ; celle de l'après-midi, au cinéma Georges, et c'était en grande partie la même que celle du matin. Deux moments d'une journée particulière, et des lumières différentes sur des visages.

Je me souviens très bien des premiers films, dans cette même salle, qui m'ont fait réfléchir à la façon dont se fabriquait le cinéma. Je ne sais pas pour quelle raison précise, en voyant *Il était une fois dans l'Ouest*, *Le bon, la brute et le truand*, *Il était une fois la révolution*, *Pour quelques dollars de plus*, plutôt que de m'intéresser à l'histoire et d'être pris par elle, je suis soudain devenu attentif à la façon dont elle était racontée. Peut-être parce que le langage développé par Sergio Leone prenait le pas sur le propos ? Peut-être parce que la longueur d'un plan était tellement étirée que j'en venais à oublier le regard cadré pour ne plus m'interroger que sur le sens qu'avait voulu donner le metteur en scène grâce à cette durée qui semblait infinie ? Tout cela, c'était encore des questions confuses d'enfant émerveillé mais qui commençait à entrevoir que derrière le rêve, il y avait la fabrique du rêve, et son intention.

Moi qui ne suis nostalgique de rien, je suis triste aujourd'hui de savoir que bien souvent, les enfants ne voient pas leur premier film au cinéma, mais sur un écran de téléviseur. Je fais partie de cette génération pour laquelle la salle de cinéma a été le premier lieu de découverte du cinéma, et si en soi cela n'a aucune valeur, j'en suis néanmoins fier comme d'un trésor.

Plus tard, j'ai eu la chance de connaître le ciné-club. C'était durant mes années d'internat, au lycée de Lunéville. Le régime disciplinaire était strict et les divertissements collectifs limités une à deux fois par trimestre à l'autorisation de regarder les retransmissions de matchs de coupe d'Europe – c'était au temps des grandes épopées de l'AS Saint-Étienne. Mais chaque semaine, sous l'impulsion d'un surveillant général qui s'appelait Monsieur Chapotot, avait lieu le ciné-club, dans une salle de classe dont nous voilions les fenêtres de grands draps noirs. J'aimais beaucoup cette transformation subite d'une salle banale où durant le jour nous écoutions parler d'histoire ou de mathématiques, en un lieu qui soudainement, grâce à quelques aménagements restreints, devenait le centre de l'illusion miraculeuse.

La programmation était variée, Melville, Truffaut, Mocky, Boisset, Ford, Fuller, Kubrick, Tavernier, etc. Chaque projection était suivie d'un moment de discussion. Au fur et à mesure des années, le responsable me confia le maniement du projecteur. J'aimais beaucoup toucher les bobines, et l'appareil lui-même, entendre son ronronnement, regarder à la lueur d'une ampoule les photogrammes inertes qui, à la faveur d'un simple mouvement, allaient devenir un peu plus tard autant d'images vivantes. J'avais l'impression de toucher du doigt la matière même du cinéma.

Deux films durant ces années m'ont particulièrement marqué : *Le Septième Sceau* de Bergman et *The Misfits* de John Huston.

Le premier parce que je n'ai absolument rien compris et que son rythme distillait un tel ennui que j'ai dû lutter corps et âme pour ne pas m'endormir à plusieurs reprises durant la projection. De plus, comme, dans la discussion qui a suivi, plusieurs notaient le caractère génial du film et de son metteur en scène, mon ennui, que je n'osai pas avouer, se doubla du sentiment honteux de n'avoir rien compris. Bien des fois, plus tard, et il n'y a encore pas si longtemps, j'ai tenté de revoir *Le Septième Sceau*. Curieusement, ma réaction n'a pas changé, et c'est sans doute un film que je ne parviendrai jamais à voir vraiment, comme s'il retenait en lui-même, en plus de sa propre substance, celle de mes années enfuies, la trace d'une jeunesse enfermée qui me semblait par moments, dans cet internat battu par le vent d'est, infiniment longue et ennuyeuse.

Grâce aux *Misfits,* j'ai découvert les acteurs. Le jeu d'acteurs. C'est le premier film qui m'a fait regarder des acteurs à l'œuvre, au travail. C'est le premier film qui m'a fait prendre conscience de la puissance extraordinaire que peuvent dégager, devant la caméra, certains comédiens. Je ne sais pas pourquoi cette révélation a eu lieu avec ce film précisément. Sans doute parce que la réunion opérée par Huston de Marilyn Monroe, Monty Clift, Eli Wallach et Clark Gable a permis de pousser le plus loin possible l'exercice de leurs talents personnels, comme si l'effet de groupe et la cristallisation particulière qu'il avait entraînée avaient sublimé la puissance de chacune de ses composantes. Peut-être. Toujours est-il que lorsque je revois *The Misfits*, je ne m'intéresse jamais à l'histoire. Je serais même incapable de la raconter avec précision. Je ne m'intéresse qu'aux comédiens, à leurs moindres gestes, aux sentiments qu'ils parviennent à faire passer dans une moue, un froncement de sourcils, un sourire, une expiration, une main portée à un front, un chapeau rejeté en arrière.

Plus tard dans ma vie, je suis devenu étudiant. Un étudiant paresseux qui fréquentait davantage les cafés, les filles et les cinémas que l'université. Ou plutôt, les seuls cours auxquels je me rendais étaient ceux de cinéma, animés avec fièvre par un professeur spécialiste de Renoir, Roger Viry-Babel, qui pouvait nous entretenir pendant des heures de *La Règle du jeu*. C'est vers cette époque que j'ai découvert Welles, Siodmak, Minnelli, Wilder, Lubitsch, Capra, les premiers films d'Hitchcock, les grands cinéastes japonais et que j'ai revisité tout le grenier féerique de l'entre-deux-guerres de notre cinéma français. Mais c'est peut-être le cinéma italien qui à mes yeux concrétisait de façon admirable la possibilité du cinéma : celle de raconter des histoires tout à la fois proches de nous et ouvrant sur les univers très personnels des réalisateurs, en maintenant un parfait équilibre entre ces deux composantes. J'aimais tous les grands noms, avec une affection plus appuyée pour Fellini – et je me souviens que lorsqu'il est mort, j'ai songé que je ne pourrais plus désormais attendre son prochain film, qu'il n'y aurait plus jamais de prochain film de Fellini et cette pensée m'a réellement affecté –, Antonioni, Visconti et Risi, mais mon préféré était, et demeure, Pietro Germi dont trois films, *Ces messieurs dames*, *Divorce à l'italienne* et *Beaucoup trop pour un seul homme* m'ont marqué tout particulièrement.

C'est à cette époque aussi qu'ont eu lieu mes premiers essais de fabrication de cinéma. Notre matériel était des plus rudimentaires, et nos moyens financiers encore davantage, mais de même qu'il est presque inconcevable d'aimer le football sans avoir envie de taper dans un ballon, on ne peut, me semble-t-il, se passionner pour le cinéma sans vouloir essayer d'en faire. Faire son cinéma. Dans tous les sens de l'expression.

Avec quelques copains, nous tentions de faire le nôtre, tout à la fois avec un extrême sérieux et une fièvre encore juvénile, excessivement maladroite. Nous avons tourné plusieurs courts métrages, dont il ne reste rien je pense, et c'est tant mieux. Le geste importait plus que le résultat. Quand nous avions un peu d'argent ou un peu de pellicule, nous tournions. La plupart du temps en super 8, quelques fois en 16 mm, et c'était alors un pas franchi vers une forme de cinéma qui nous paraissait encore plus sérieuse. Nous occupions tour à tour tous les rôles, cadreur, metteur en scène, comédien, scénariste, chef opérateur. Je me souviens avoir filmé une main en plastique, émergeant des eaux d'un canal, qui était censée être celle d'une jeune fille suicidée. Je me souviens avoir monté des chutes d'un porno allemand amateur trouvé sur une visionneuse dans une brocante avec quelques scènes filmées dans le parc de la Pépinière qui montrait un jeune homme lisant les *Onze mille verges* d'Apollinaire. Je me souviens aussi être mort dans un accident de voiture et gisant, tête en bas, le front maculé de sauce tomate, dans la carcasse d'une 2 CV abandonnée sur le parking de l'université et que nous avions réquisitionnée et brûlée pour les besoins du tournage. Et je me souviens aussi des odeurs et des ambiances de toutes les salles dans lesquelles je passais de longues heures, les yeux grands ouverts sur les écrans, dans l'obscurité du monde et dans le creux oublié de la ville, Caméo, Rio, Ciné-Parc, Gaumont, Colysée, Pathé, Royal, Majestic, avec le sentiment de laisser au-dehors ce qui faisait la lourdeur et l'ennui de ma vie, et de saisir la joie de m'oublier tout à fait pour n'être plus qu'un regard porté sur un écran et un cœur battant à l'unisson d'autres cœurs. Je cherchais des miroirs et je me retrouvais dans un palais des glaces, qui projetaient sur moi quantité de reflets et dans lesquelles je ne craignais jamais de me cogner. Sans doute à cette époque, les salles de cinéma ont-elles aussi été des ventres dans lesquels je me plaisais à demeurer car je n'avais guère envie de me lancer dans le monde, dans ce dehors froid et humide dont je ne voulais pas trop connaître les règles, les routes, les lendemains. Cela dura un peu plus de deux ans tout de même, et il était assez fréquent pour moi de voir et revoir deux à trois films par jour.

Ensuite, il y a la vie. Qui m'a happé et dans laquelle il a bien fallu que je cherche une place à défaut d'en trouver une. J'ai écrit des livres. J'ai rêvé des images. Et le cinéma, que je n'ai jamais abandonné comme spectateur, mais délaissé un temps comme artisan, est revenu frapper à ma porte, bien des années plus tard, avec une insistance tranquille. Je n'ai jamais été pressé. Tout arrive à temps quand cela doit arriver. J'ai publié mon premier roman à 37 ans, et réalisé mon premier film à 45. Je sais lorsque je suis prêt pour faire certaines choses. À ce moment-là, rien ne peut vraiment m'arrêter.

Complicité

Pour tout délit, il faut des complices.
Pour tout délice, il faut des amis
J'ai eu les deux, c'est une chance.

Costumes

Je voulais absolument que les costumes des personnages soient en rapport avec leurs moyens financiers. J'ai appris par exemple à Jacqueline Bouchard, la costumière, et à Elsa combien gagnait un maître de conférences qui a l'âge de Léa, un chercheur au CNRS comme Luc. C'est avec ce budget-là qu'il fallait composer une garde-robe crédible. Pour « habiller » Elsa, j'ai passé un dimanche à découper des vêtements dans des catalogues comme celui de *La Redoute*, des *Trois Suisses*. J'ai fait des collages, des assemblages et le lundi je les ai apportés à Jacqueline en lui demandant de trouver des vêtements semblables, en évitant absolument les boutiques et les vêtements de couturier, mais en allant plutôt chez *H & M*, *Zara*, *Monoprix*, *Carrefour*, etc. C'est comme cela que nous avons travaillé. Pour le personnage de Léa, j'ai beaucoup insisté aussi pour qu'elle porte constamment des chaussures sans talon, des chaussures plates. Avec ce type de chaussures, la démarche d'Elsa est devenue immédiatement hésitante, un peu gauche, maladroite presque, et ce malaise convient très bien au personnage. D'ailleurs, sur le tournage, lorsque parfois Elsa s'éloignait du ton et de la gestuelle du personnage, je lui glissais à l'oreille : « N'oublie pas que tu es la jeune femme qui marche avec des chaussures plates », et cette simple indication suffisait pour qu'elle redevienne immédiatement Léa.

Pour un autre personnage comme le capitaine Fauré par exemple, qui vit seul, je tenais absolument à ce que son vêtement révèle cette solitude et sa maladresse. Il porte des chemises qui datent de dix ans, qu'il a sans doute lavées des dizaines de fois, sans respecter les températures de lavage, et dont les couleurs sont passées, qu'il ne repasse jamais. Lors de la dernière rencontre avec Juliette, on sent qu'il a fait un effort pour s'habiller, et ce qu'il porte témoigne d'une plus grande recherche et d'un plus grand soin – sans doute a-t-il fini par retrouver un fer à repasser – mais le résultat n'en est pas moins maladroit. Je voulais que, sans même écouter ce que Fauré exprime et raconte dans chacune de ses quatre scènes, le spectateur, grâce aux vêtements qu'il porte, comprenne déjà un peu qui il est.

Je me suis servi de la même façon du vêtement pour chaque personnage, même les plus secondaires. Je tenais vraiment à ce que leurs costumes nous parlent, et qu'ils ne soient pas là simplement pour habiller et couvrir des corps, mais au contraire pour révéler des êtres.

Couleur

Une sorte d'automne, un camaïeu de gris, de tons rouille, de marrons, de beiges. Rien d'éclatant ni de trop coloré, sinon dans les vêtements des deux fillettes, qui provoquent des éclats de vie, presque trop violents. Des couleurs assourdies pour prolonger des vies assourdies, des couleurs qui fassent aussi un peu hors du temps. Les vêtements portés par Juliette par exemple, soulignent aussi son décalage par rapport à l'époque. Il y a le fameux manteau de laine du début, démodé, trop grand pour elle, trop lourd aussi, qu'elle porte comme un poids, une faute, mais aussi un souvenir d'un temps qui a été celui du bonheur, avant d'être celui de l'effondrement. Elle est perdue dans ce manteau, comme elle est perdue dans la vie. Lorsque ce manteau disparaît au profit d'un autre manteau en daim, qui est à la taille de Juliette, on comprend qu'elle va déjà un peu mieux.

Couper

Quelquefois, j'aurais aimé ne jamais couper la scène qui se jouait devant moi. Laisser tourner, encore et encore, afin que *quelque chose* se produise, quelque chose que je n'avais pas prévu, et qui me surprenne vraiment. J'ai laissé parfois durer certaines scènes. L'une notamment, au commissariat, lorsque le lieutenant Segral apprend à Juliette que le capitaine Fauré s'est suicidé. J'avais dit à Kristin que je couperais quelques instants après l'annonce de la nouvelle, et lorsque nous avons tourné, je n'ai pas coupé, je l'ai laissée, seule avec cette nouvelle, seule avec *cela*. Je l'ai sentie perdue et d'ailleurs elle me l'a dit ensuite – « Pourquoi tu me laisses dans le gaz ? » – et c'est tout à fait ce qu'il fallait. La sentir perdue, avant qu'elle ne se décide, ce qui n'était évidemment pas prévu, à quitter la pièce, c'est-à-dire elle-même à couper la scène.

Culpabilité (personnelle)

Voir *Argent*

Culpabilité (de Juliette)

La loi a reconnu Juliette coupable de son geste et l'a condamnée à un long emprisonnement. Mais

Juliette exprime une autre culpabilité, qui lui paraît bien plus importante : celle d'avoir mis au monde un enfant destiné à mourir après quelques années de vie seulement. Ce n'est finalement pas la société qui condamne Juliette, c'est elle-même. Elle dresse son propre tribunal et rend un jugement définitif. La loi des hommes est certes nécessaire pour qu'une société puisse exister et vivre, mais elle est en quelque sorte excessivement secondaire parfois, dans certaines circonstances, comme en témoignent le choix et les propos de Juliette. Un autre crime qui est évoqué dans l'histoire, c'est celui opéré par les parents de Juliette, qui n'ont plus voulu entendre parler d'elle après son geste, qui l'ont rayée de leur vie, disant aux nouveaux amis que Léa était fille unique. C'est là aussi un meurtre, terrible quand on y songe, mais qui n'est condamné par aucune loi.

Détails

Il y a une petite chaise rouge dans le décor de la maison. C'est un des rares points colorés qui se distingue dans un décor où ont été privilégiés les beiges, les bruns, les gris. Plusieurs fois, Jérôme, le chef opérateur, essayait de me convaincre d'enlever cette petite chaise rouge qu'il trouvait inesthétique, et nous nous disputions en riant. Lorsque je m'apercevais qu'elle avait disparu, je n'avais de cesse que je la retrouve pour la remettre à sa place. Pour moi, sans que je l'aie jamais dit à qui que ce soit, elle a toujours symbolisé la place que pourrait reprendre Juliette dans le monde, la place qui l'attendait, la place qu'elle méritait, une place, si petite soit-elle, une place discrète mais une place claire, une place colorée, qui irradie.

Il y a ainsi dans ce film quantité de détails, qu'on peut très bien ne jamais remarquer mais qui pour moi avaient une importance énorme. Dans le vestibule, une chaîne est fixée au plafond et maintient un lustre de cristal. À plusieurs reprises, cette chaîne strie le cadre de l'image. Je n'ai jamais voulu qu'on l'enlève car pour moi elle évoquait fortement la série des *Carceri* de Piranèse, cet ensemble de gravures qui sont des réflexions de l'artiste sur des prisons imaginaires dans lesquelles, souvent, des chaînes s'enchevêtrent et pendent des arcatures. Les motifs dérivés du thème de la prison interviennent d'ailleurs souvent dans le film, et notamment celui des barreaux, décliné dans les stores verticaux du bureau du directeur de l'hôpital et de celui de la DRH, dans l'agencement des arbres de la place d'Alliance, cette place où Léa apprend à Juliette la maladie de leur mère, dans la rambarde métallique contre laquelle s'adossent les deux sœurs dans la piscine, et à d'autres endroits.

Le souci du détail n'est pas le résultat d'une obsession maniaque. Les détails participent à l'équilibre d'une composition d'ensemble. Chacun d'entre eux se charge de sens et contribue à

l'enrichissement de l'image et à sa profondeur. Ils sont des éléments en attente. Tous les spectateurs ne les distinguent pas, mais ceux qui les remarquent peuvent alors approfondir leur lecture.

Dessiner

J'ai beaucoup dessiné des formes et des cadres, sur l'exemplaire du scénario que je conservais toujours avec moi, et qui était une sorte de prolongement de moi-même. Ce n'était pas à proprement parler un story-board, mais cela en avait l'aspect et la fonction par moments. Je me souviens de mon angoisse lorsque je l'avais égaré sur le plateau, si bien qu'au bout d'un moment, j'avais recouvert ses couvertures d'adhésifs multicolores afin qu'il soit bien visible. Je ne sais pas pourquoi je tenais à cet objet à ce point, puisque je connaissais les scènes sur le bout des doigts, mais il fallait que je le sente dans ma main, ou que je le voie à mes côtés. C'était une présence rassurante.

Dialogue

Dans la vie, on parle très rarement comme dans les livres, ou comme dans certains films. Les mots de la vie sont la plupart du temps des mots simples, malhabiles, très éloignés des formules qui frappent, même si cela arrive de temps à autre. Il était important pour moi que les personnages ne soient pas des figures déployant une langue magnifique, et que la langue, parfois, voire souvent, leur fasse défaut. Ce qui se révèle assez ironique dans le cas de Léa et de Luc, qui tous deux sont en quelque sorte des professionnels de la langue, l'une enseignante de lettres à l'université, l'autre chercheur en lexicographie, mais qui n'arrivent pas vraiment à utiliser le langage, soit pour dire leur malaise, soit pour dire leurs émotions.

Dans les dialogues, en plus de chercher à éviter les beaux mots et les belles phrases, et d'épouser la langue de notre quotidien, j'ai essayé de jouer sur ce que les mots ne parviennent pas à dire, de réfléchir, par l'intermédiaire du personnage de

Juliette, et notamment de ce qu'elle exprime dans la scène d'explication avec sa sœur, sur le fait que la langue et les mots sont de bien piètres alliés dans certaines situations extrêmes de la vie, et que la tentation du silence, ou plutôt l'évidence du silence s'impose alors. Tout ce que je dis là concerne d'ailleurs davantage la parole que les mots, car les mots écrits par exemple, les mots que l'on lit dans les livres peuvent se révéler d'un grand secours (voir *Livres*).

Les dernières lignes de dialogue du film sont d'une simplicité banale. Juliette, assise sur le lit au côté de sa sœur, finit par répondre aux interrogations de Michel, qui vient d'entrer dans la maison, et qui demande à haute voix s'il y a quelqu'un. Juliette se tait, écoute sa voix, regarde sa sœur. Une ébauche de sourire vient sur son visage et sur celui de Léa, puis elle dit : « *Je suis là ! Je suis là...* » Ce sont les derniers mots du film, et ce sont peut-être les plus simples. Ils viennent après les larmes. Ils viennent après les silences. Ils viennent après les douleurs. Une phrase d'une banalité totale, que l'on dit tous, chaque jour, et qui la plupart du temps n'exprime que le sens premier qu'elle contient. Mais une phrase ici qui se charge d'un sens remarquable, qui nous fait comprendre que le parcours de Juliette, sa rédemption, sa venue de nouveau dans le monde, sont en train de s'accomplir. Trois mots de rien, « *Je suis là* », et qui disent tout. Ces mots sont un peu l'emblème de la façon de concevoir les dialogues d'*Il y a longtemps que je t'aime* : prendre un matériau commun, qui ne se distingue par aucune richesse, et tenter de lui faire exprimer le plus de choses possible, l'air de rien.

DIRIGER

Le mot *diriger* exprime une raideur qui me gêne. Je dirai plutôt que, la plupart du temps, je me suis efforcé d'*accompagner* les actrices et les acteurs afin qu'ils incarnent le mieux possible, et avec toutes les nuances espérées, leurs personnages. Les seuls moments où je me suis senti dans cette attitude de direction, c'était lorsque les acteurs faisaient des propositions qui nous éloignaient trop du propos, et que je ressentais le besoin de recentrer très vite les choses. Il y eut aussi la scène du dîner à la campagne, entre amis. Nous tournions à deux caméras. J'avais fait un plan de table extrêmement précis, et un plan des différentes interventions, des mimiques, des réactions qui ne l'étaient pas moins. Je ne voulais laisser aucune place à l'improvisation. Chaque comédien devait parfaitement respecter le tempo et la mécanique. Nous avons tourné la séquence avec deux caméras, treize fois selon des axes de prise de vue et des valeurs différents, et chaque fois dans son intégralité afin de retrouver un ton et un tempo constants. C'était pour eux sans doute très fastidieux, plus encore parce qu'ils étaient assis sur un banc très étroit qui leur cassait les reins. Dans une autre scène de dîner, à la maison, lorsque Léa et Luc reçoivent leurs amis proches, le plan-séquence que j'avais mis au point demandait également une précision que je ne voulais pas abandonner au hasard. Le personnage de Michel est précédé par la caméra pendant toute sa circulation dans le rez-de-chaussée de la maison. Les autres personnages vont et viennent. Il y a des mouvements, des dialogues, le déplacement de Valentin Monge, le steadicamer, qui n'était pas simple à exécuter. Nous avons répété assez longuement et je sentais bien que les comédiens auraient aimé plus de liberté, alors que je leur disais exactement ce que je voulais qu'ils fassent. Nous avons tourné la séquence trente-quatre fois, entre 17 heures et 3 heures du matin. Tout le monde à la fin en avait plus qu'assez.

Il n'y a pas eu de réel bonheur pour les comédiens à tourner ces deux scènes, je le conçois. Mais je suis persuadé que si je n'avais pas imposé assez fermement ma façon de procéder, et les avais laissés davantage libres, j'aurais eu une matière presque inutilisable. Dans ces deux moments du tournage, il a fallu que j'assume cette notion de direction qui me déplaît tant.

De la même manière, pour tourner la scène où les deux sœurs se poursuivent dans l'escalier et hurlent leur douleur, j'ai imposé cette dramaturgie à Kristin, qui aurait bien aimé la jouer d'une tout autre façon, immobile par exemple. Je n'avais pas

le temps de la convaincre qu'elle avait tort. J'ai été alors très directif, ce qui n'a pas dû être très plaisant pour elle.

Douleur

Lorsqu'un deuil brutal nous frappe la douleur est vive, mais le temps qui passe la transmue souvent peu à peu en peine. Je voulais demeurer au cœur et au centre de la douleur, et montrer que Juliette avait vécu en elle pendant de longues années comme dans un pays, qu'elle s'était exilée dans sa propre douleur et que celle-ci n'avait jamais faibli. La douleur de Juliette se régénère tant qu'il lui est impossible de regarder le monde à travers un autre filtre. Elle agit aussi comme une force qui pousse Juliette à refuser, à s'interdire toute chose qui pourrait l'éloigner d'elle. Cela m'intéressait de montrer le côté possessif, dévorant, exclusif de la douleur. Comme j'étais intéressé d'exprimer grâce aux personnages de Juliette, Léa, Michel, Fauré des états différents de la douleur, et la manière dont celle-ci travaillait les existences, mais aussi les corps, les visages notamment. La voix douce de Michel qui susurre à l'oreille de Juliette « *Le tableau s'appelle* La Douleur... » met en place une sorte de paradoxe : c'est ici la douceur qui donne le ton de la douleur, comme pour exprimer que la douleur ne s'accompagne pas toujours de cris, de hurlements, de manifestations extrêmes – ce qui est le cas dans le tableau, mais le tableau est muet, la bande sonore en est coupée !

Dans la scène finale du film, ce que je voulais, c'était une expulsion de la douleur, quelque chose d'effroyablement violent comme peut l'être une naissance par exemple. On pourrait dire que pour la première fois, Juliette fait naître sa douleur, qu'elle la livre au jour et aux autres, et cet accouchement est terrible. Mais en même temps, le monstre n'est plus intérieur, et le fait même qu'il soit désormais sorti de ce corps et de ce cœur est peut-être la promesse que désormais il va perdre de sa puissance.

Écho

Les figures des boucles et des échos m'ont toujours captivé. Plusieurs de mes textes sont construits sur le principe des reprises, des broderies, et se terminent sur des fins qui reprennent les débuts. C'est aussi le cas ici : une des toutes premières séquences du film voit les deux sœurs dans l'escalier et sur la coursive de la maison, là même où on les retrouvera à la fin du film. Un autre écho important est celui qui lie les personnages de Juliette et de Fauré, le policier – pourrais-je assez rendre grâce au talent de Frédéric Pierrot dont le visage, le regard, le moindre geste

sont porteurs d'une écrasante humanité. L'un et l'autre sont comme des doubles : seuls, souffrants, mal à l'aise avec les autres et le monde. Juliette a perdu son fils. Fauré ne voit plus sa petite fille. L'immense différence entre ces deux êtres qui se rapprochent humainement au fur et à mesure de l'histoire, c'est que Juliette est entourée par un grand nombre de personnes qui ont en commun une seule et même volonté, la faire revenir vers la vie, alors que Fauré, lui, est dramatiquement seul. Personne ne fait pour lui ce que chacun fait pour Juliette. Elle seule pourrait à un moment, d'un mot, ou d'une expression, faire basculer sa vie, mais par pudeur ou par maladresse, par ignorance, elle ne fait rien. On revient une fois de plus à un aspect de la culpabilité humaine. Nous sommes tous coupables, à un moment ou un autre, de n'avoir pas dit ou pas fait ce que les autres attendaient de nous.

ÉCRITURE

C'est une histoire qui est venue d'une longue nuit. Ce qui est curieux, c'est de constater qu'elle réunit quantité de choses dont j'ai essayé de parler dans bien de mes livres – la difficulté de revenir vers un être aimé dont on s'est éloigné pendant de longues années, l'enfermement, le secret – sans jamais être pleinement satisfait du résultat. Je ne sais pas comment naissent les histoires. Je ne veux d'ailleurs pas le savoir, de peur de détruire un processus qui s'apparente pour moi à une opération magique. Celle-ci venait donc de très loin en moi, d'une nuit intérieure où se joue l'essentiel de mes petites mécaniques, et curieusement, il a fallu une longue nuit, celle de l'hiver de Laponie, pour qu'elle vienne au jour.

Nous étions allés là-bas pour faire connaître à notre fille le véritable pays du Père Noël. Dans ce pays, fin décembre, le jour dure à peine deux heures, et ce n'est d'ailleurs pas un jour franc mais un moment d'incertitude émaillée de grisaille, et qui s'essouffle vite. Il y avait la neige, la forêt, la nuit longue, le froid, et c'est dans ce cadre engourdi que l'histoire de Juliette et de Léa est apparue, limpide comme une eau claire sortie des ténèbres et qui s'impose dans le creux de la main avec la simplicité des évidences. J'écrivais couché dans le lit, après de grandes promenades en motoneige dans la forêt et sur les lacs gelés, et je suivais peu à peu sur l'écran de l'ordinateur la naissance des personnages, visualisant chaque scène avec une netteté parfaite, comme s'il n'y avait à faire, avec tous les matériaux qui sommeillaient dans mon cerveau, qu'une mise au point.

Par la suite, j'ai très peu réécrit. J'ai supprimé des longueurs dans les dialogues, quelques scènes qui se révélaient inutiles, qui ne faisaient que redire ce qui avait déjà été dit. Le seul changement notable a concerné l'humeur de la scène finale, la confidence de Juliette à Léa, le voile levé, la confiance réinstallée. Pendant longtemps, je l'avais pensée dans une humeur calme, le spectateur ne venant dans la scène qu'une fois la tempête passée. Il m'a semblé, quelques semaines avant le tournage, qu'il serait plus fort de commencer la scène lorsque la violence entre les deux sœurs était à son maximum afin que l'apaisement qui suit ait une charge affective et émotionnelle plus grande encore.

Elsa

C'est une jeune femme à la peau très mince, et pour laquelle les larmes, derrière son beau et pur sourire, ne sont jamais loin. Lorsqu'on voit Elsa pour la première fois, on pense à Aragon, car ce sont ses yeux tout d'abord qui nous happent, des yeux superbes, sincères et bons, pleins de rire, d'intelligence, de naïveté et d'interrogation. Nous nous sommes connus il y a quelques années déjà, et sans le lui dire à l'époque, je savais que si j'avais la chance un jour de faire un long métrage, je lui proposerais d'y tenir un des rôles principaux. J'étais loin alors d'imaginer l'histoire d'*Il y a longtemps que je t'aime*, mais je savais le désir que j'avais de créer quelque chose avec elle. Nous nous sommes revus à plusieurs reprises et parmi les qualités que j'apprécie chez elle, il y a cette curiosité des livres qu'elle a toujours, lisant et lisant beaucoup, des textes classiques aussi bien que des romans contemporains. J'aime les gens qui fréquentent les livres et qui ne peuvent vivre sans eux. Je crois que cela leur donne une humanité que les autres n'ont pas. Nous nous sommes trouvés immédiatement en confiance elle et moi, et je la considère souvent comme une petite sœur, ayant pour elle des soucis et des élans de grand frère, lui conseillant de manger davantage, de faire attention à ceci ou à cela, de m'appeler quand elle le souhaite si elle a un problème, etc. Elle fut l'une des premières à qui j'ai dit jadis le désir d'écrire une histoire où deux femmes tiendraient les rôles principaux. Je l'ai mise au courant de chaque étape du développement du projet. Je savais que cette histoire lui tenait à cœur pour quantité de raisons, et pour moi, il aurait été impossible de la tourner sans elle. Je crois que j'aurais préféré ne pas faire le film.

Je reviens à cette confiance qui nous unit : il en fallait beaucoup pour qu'elle accepte de faire ce que je lui ai demandé. Je lui ai fait couper ses cheveux, je l'ai revêtue de vêtements la plupart du temps peu élégants, je l'ai filmée presque toujours sans maquillage, je l'ai chaussée de chaussures sans talon. Je voulais grâce à tout cela, d'une part la déranger dans ses habitudes et ses goûts, et d'autre part dessiner une gestuelle, une silhouette et une démarche qui seraient celles de Léa, son personnage. Nous avons aussi travaillé sur sa voix, afin qu'elle exprime un mélange de candeur, de fragilité et de fébrilité, une voix de laquelle il fallait chasser toute assurance car Léa, retrouvant sa sœur Juliette, redevient une adolescente, gauche et émotive. Je pense que, plus ou moins consciemment, j'avais envie qu'on la redécouvre, ou qu'on la découvre différente, de façon à ce que chacun prenne la mesure de son talent.

J'avais avec Elsa une relation extrêmement physique. Je la prenais souvent dans mes bras, je l'embrassais, je prenais ses mains, je la caressais. Je crois que nous avions besoin elle et moi de ce contact proche, comme pour faire passer un flux, peut-être pour nous dire aussi que nous ne rêvions pas, que nous étions bien en train de faire ce dont nous avions parlé pendant longtemps.

Désormais, j'ai très envie d'écrire un film où elle incarnerait une jeune femme basculant dans la folie.

Émotion

Créature fragile.

Enfance

Souvent, durant le tournage, je retrouvais l'humeur de l'enfance, celle qui préside à toute forme de jeu, et parvient en un clin d'œil à dissiper le monde, la certitude têtue du réel, sa présence indéniable. La fameuse formule « *On aurait dit que tu serais...* » qui permet l'établissement de tous les rêves et le renversement de la réalité, et que nous avons tous employée avec une ineffable excitation durant cette période émouvante de l'enfance, je la retrouvais en moi, au moment du tournage, lorsque je parlais avec les actrices et les acteurs d'une scène, que je disais « action » – et ce mot était devenu son équivalent dans l'âge adulte – à peine modifiée, intacte dans son pouvoir de me troubler et de mettre instantanément en mouvement la mécanique de mes songes et l'écroulement du réel.

Enfants

« *Ne jamais tourner avec des enfants et avec des animaux.* » Je l'avais souvent entendu dire. Les animaux, je ne sais pas. Je n'ai pas encore connu cette expérience. Les enfants, il m'en fallait deux pour cette histoire. Deux fillettes. La plus grande devait avoir environ huit ou neuf ans. C'est un rôle important, le troisième du film, qui nécessitait presque vingt jours de tournage, avec du jeu, du texte et des séquences au piano. Quant à la plus petite, elle devait avoir environ deux ans. Lise Ségur qui interprète le rôle de P'tit Lys a travaillé très en amont pour retrouver un naturel qui s'en va souvent dès lors qu'on demande à des enfants de jouer un rôle. Elle a pris tout cela très au sérieux mais en même temps avec beaucoup d'innocence et de simplicité. Elle était très à l'aise sur le plateau, devenant vite copine avec les uns et les autres. Ce fut beaucoup plus difficile avec Lily Rose, qui joue le rôle d'Emélia. On ne peut pas diriger une enfant de deux ans, et en particulier Lily Rose, adorable petite fille certes, mais qui n'en faisait qu'à sa tête. Le seul qui avait un peu d'emprise sur elle, c'était Julien, le premier assistant mise en scène. Ce qui nous a beaucoup aidés également, c'est sa gourmandise, et souvent les bonbons, chocolats et sandwichs promis en récompense se sont révélés des aides indispensables.

ÉQUIPE

J'ai toujours eu beaucoup de mal à dire « mon assistant », « mon chef opérateur », « mon cadreur », « ma scripte », etc. Je me suis rarement exprimé ainsi. Le principe de la possession me gêne. Je savais bien pourtant que j'étais à la place du chef d'orchestre, et que toutes les personnes travaillant sur le film étaient à leur poste, soit par ma faute, soit grâce à moi, selon la façon dont on voit les choses. Ce qui me plaisait infiniment, c'était la réunion de tous leurs talents, de leurs différences d'humeur et d'âge, de leur parcours, de leur expérience ou de leur innocence, ce grand puzzle que j'avais essayé de constituer en demandant à des personnes que je connaissais et à d'autres dont je ne connaissais que la réputation de faire partie de l'aventure. Former une équipe. Être une équipe. C'est-à-dire pour moi un groupe porté par le même désir et qui témoigne d'une cohésion totale. J'aurais eu beaucoup de difficulté à travailler dans la discorde, la tension permanente, la méfiance, l'énervement. Peut-être cela plaît-il à certains ? Peut-être même certains ont-ils besoin de cela pour aller chercher au plus profond de celles et ceux qui travaillent avec eux ce qu'ils espèrent ? Moi j'avais besoin d'épaules, de confiance, de respect, en plus des compétences. J'avais envie de voir dans les regards de ceux qui m'entouraient et m'aidaient le plaisir d'être là, ensemble, et de faire ce que nous faisions.

Espoir

C'est avant toute chose un film d'espoir.

Euthanasie

Donner la vie, puis donner la mort. La déchirure de Juliette, c'est bien cela. Retirer ce que l'on a donné. Douleur d'une mère qui voit souffrir son enfant. Douleur d'une mère qui voit se refléter dans cette souffrance sa totale impuissance à la soulager. Il n'a jamais été question pour moi, ni au moment de l'écriture du scénario, ni durant le tournage, d'aborder d'une quelconque façon que ce soit le sujet de l'euthanasie, même si c'est bien ce nom qui caractérise le geste de Juliette. Ce qui m'importait, c'était de témoigner de cette culmination de la douleur que représente la mort de son enfant. Je voulais parler d'une femme à qui, physiquement, on avait arraché sa propre chair. Sa décision d'abréger la vie de son enfant peut paraître odieuse, lâche, magnifique, humaine, inhumaine. Je ne porte aucun jugement sur cela. Même si je vois son geste, avec le recul, comme le signe ultime de la liberté de cette femme, sa façon de se dégager des lois, des usages, des traditions, de ce qu'il faut ou de ce qu'il ne faut pas faire. C'est le premier pas, et le plus terrible, vers son immense solitude. Ce vers quoi je fixais mon attention, c'était tout ce vide que la mort d'un enfant crée autour de celle qui la subit. Et le peu d'importance que prend alors tout le reste, famille, amis, travail, société. Imaginons une balance : sur un plateau il y a la mort de son enfant. Que mettre sur l'autre plateau qui pourrait avoir autant de poids ? Rien. Rien du tout.

Famille

C'est étrange une famille. C'est à la fois perméable et fermé. Parfois atrocement fermé, soudé autour de silences et de secrets, de choses qu'il faut taire et d'autres qu'on répète sans cesse comme pour se convaincre d'y croire. Être de la même famille ne garantit en rien qu'on soit proches de ceux qui la constituent. Fonder une famille, avoir une famille, être sans famille. C'est une maison idéale dont l'architecte souvent est le hasard. J'espère que le film témoigne de ce hasard et de ces apparences, du bonheur qu'il y a aussi à se reconnaître et à s'assembler, entre parents, entre amis, à dépasser les voiles, à les déchirer même, pour que la lumière nourrisse d'un sang clair le bonheur qu'il y a à être ensemble.

Fatigue

J'avais fini par l'oublier. Je me nourrissais par automatisme. Je dormais quelques heures. L'énergie qui me portait était telle que la fatigue faisait à côté pâle figure. Mon bonheur chaque matin, d'aller sur le tournage, je le sentais physiquement couler dans toutes mes veines, et donner un grand claquement de fouet dans le corps entier, comme une décharge immense et durable d'électricité.

Figurants

La patience des figurants convoqués pour la journée entière et qui souvent passaient tout ce temps, assis, à attendre qu'on veuille bien les employer. J'étais très gêné de les faire ainsi patienter, parfois pour rien parce que je ne les utilisais pas toujours. Je me persuadais qu'ils devaient s'ennuyer à mourir. J'étais surpris, une fois le tournage terminé, lorsque j'allais leur dire au revoir et les remercier, du plaisir qu'ils me disaient avoir pris à être là, à participer un peu, à assister à nos gesticulations.

Guitare

Plus que tout, et cela dès le début, j'avais envie du son de la guitare pour accompagner le trajet des personnages. Je trouve que le cinéma fait trop souvent un usage envahissant du piano, et je me suis toujours dit que cette histoire, *naturellement*, attendait le son du piano. Je voulais aller contre cela. J'ai demandé à Jean-Louis Aubert, que je

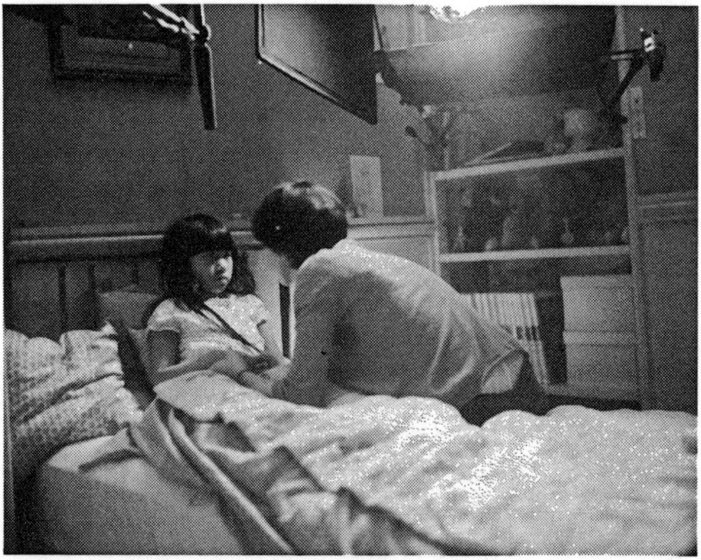

connais depuis quelques années, de participer à l'aventure. J'aime beaucoup à la fois le travail de Jean-Louis, et ce qu'il est. Il me semblait que le sujet du film et son approche impressionniste pouvaient bien s'accorder avec sa sensibilité et son univers. Nous en avons parlé. Il a lu le scénario, l'a aimé, mais il avait peur ne pas savoir faire une musique de film. J'ai insisté, et souvent, ensuite, dans les mois qui ont suivi, il tenait à me dire : « J'espère que tu as une solution de rechange si je n'y arrive pas ! » J'aimais bien ce doute qu'il avait de ses propres capacités. J'ai toujours beaucoup aimé les gens qui doutent.

Parmi toutes les chansons que j'aime de Jean-Louis, il y en a une, *Alter ego*, dont la mélodie et les paroles correspondaient étrangement à certaines thématiques du film. Ma femme et ma fille insistaient beaucoup pour qu'elle soit intégrée à la musique du film. J'étais au départ un peu réticent car je trouvais cette chanson trop connue. Jean-Louis m'a convaincu du contraire. Je lui ai demandé de tenter des variations sur son thème. De la même façon, il a travaillé le thème d'*À la claire fontaine*, celui de *Je t'attends* – une chanson que je l'avais entendu chanter en studio il y a deux ans, et qu'il a finalement écartée de son dernier album. Il a aussi composé des mélodies originales. Et puis, comme je lui avais demandé de passer un jour sur le tournage, lorsqu'il est venu, il a sorti une très belle guitare d'un étui, une Martins des années quarante, et il a chanté *Dis, quand reviendras-tu ?* de Barbara. J'avais les larmes aux yeux. Je frissonnais. Je frissonnais réellement. Je me souviens encore de ma peau hérissée en chair de poule sur mes bras. J'ai su alors que cette interprétation de Jean-Louis de cette chanson si émouvante allait clore mon film. C'était une évidence. Et je voulais que l'enregistrement restitue le plus possible l'impression qui avait été la mienne au moment où Jean-Louis l'avait chantée. Je voulais que le spectateur ait la sensation que quelqu'un était là, tout à côté de lui, pour lui chanter rien que pour lui, à l'oreille, cette chanson.

Jean-Louis est reparti ce jour-là avec des rushes prémontés que je lui ai donnés. Il a pu ainsi s'imprégner de l'univers du film. Pour des raisons d'emploi du temps, il ne pouvait pas attendre le premier montage du film pour créer ses musiques. Il l'a donc fait en fonction du matériau partiel que je lui ai fourni, de nos discussions, de mes désirs, de sa propre vision de l'histoire. Quelques jours avant la fin du tournage, il m'a donné le résultat de son travail : 60 minutes d'enregistrement environ, que je me suis passé en boucle. J'étais heureux. Il y a tellement de choses. Beaucoup plus d'ailleurs que je ne pourrais en utiliser – au final, le film comporte moins de 20 minutes de musique.

La guitare acoustique, la guitare électrique, les effets de distorsion, de saturation, la fragilité presque enfantine de sa voix, il y avait soudain une autre dimension dans la création que je tentais de faire. J'étais heureux.

Honte

J'ai souvent ressenti une sorte de honte d'avoir la possibilité de faire un film alors que beaucoup de metteurs en scène ne l'ont pas. Sans doute cette honte était-elle rendue plus forte encore par le fait que, bien que connaissant et travaillant depuis plusieurs années pour le cinéma, je n'étais pas issu de ce milieu, et que ma légitimité à réaliser un film ne m'apparaissait pas tout à fait fondée. Beaucoup ont tenté de me persuader du contraire. Mais cela demeure tout de même.

Image

D'une façon ou d'une autre, c'est bien l'image qui a toujours été le centre de mon travail. J'ai toujours créé des images : avec des mots, avec des couleurs – j'ai beaucoup peint jadis –, avec une caméra maintenant. Le procédé importe finalement assez peu. C'est le processus qui est essentiel et dont je ne peux me passer. J'aime la vie, mais elle ne me suffit pas. J'ai besoin de la doubler, au sens où l'on double un tissu, d'une autre matière qui va la refléter et révéler sa profondeur, sa grâce et sa complexité. Cette matière, ce sont les images. Les faire naître et les assembler est une activité qui me permet d'être pleinement moi-même. Sans elles, j'ai l'impression d'étouffer.

Kristin

La première fois que j'ai rencontré Kristin, à qui j'avais fait quelques jours plus tôt porter le scénario, je lui ai demandé si elle accepterait d'être moins belle. Une des évidences incontournables pour que cette histoire prenne corps, c'était que la comédienne qui incarnerait Juliette accepte une métamorphose physique qui l'éloignerait, pendant une bonne partie du film, de toute beauté. Je voulais qu'on sente les années d'enfermement sur son visage. Je voulais que ce visage sorte du gris, qu'il soit de la couleur des murs entre lesquels pendant si longtemps il avait été étouffé. Je voulais que la caméra, grâce à une absence totale de maquillage, puisse lire chaque ride, chaque blessure, chaque meurtrissure de la peau, comme autant de témoins d'une souffrance accumulée. Kristin a compris immédiatement ce que je voulais dire. Je crois d'ailleurs maintenant, maintenant que je la connais un peu, que je n'avais pas besoin de lui dire cela. Elle le savait. Elle avait l'intelligence de savoir que ce rôle ne devenait crédible et vrai, intéressant, qu'à ce prix. Kristin n'a jamais eu le souci de la conservation de sa propre beauté. Elle est devenue le personnage de Juliette. Je pense qu'elle sentait aussi que mon désir n'était pas d'accentuer la dureté du personnage, mais d'en rendre compte, simplement, sans exagération naturaliste.

Pendant une première partie du tournage, j'écrivais des petits mots sur des papiers, que je pliais en quatre, et que je lui remettais peu de temps avant de tourner la scène. C'était des sortes de poèmes très brefs, qui ressemblaient un peu à des haïkus, qui pouvaient paraître sans rapport avec la scène, mais qui témoignaient de sensations profondes, d'impressions que je voulais lui communiquer. Par la suite, nous avons travaillé différemment, en parlant de la scène à tourner, en s'interrogeant sur l'état d'esprit de Juliette, sur les humeurs à faire passer. Sur le plateau, nous avions besoin de peu de mots pour nous comprendre. À la fin de chaque prise, nous nous regardions et d'un simple geste de tête, je lui faisais comprendre que j'étais satisfait, ou je lui demandais de tenter un jeu radicalement différent, de façon à pouvoir disposer au montage de choix multiples. J'aimais beaucoup faire cela, et Kristin s'y est employée volontiers, ce qui n'est pas forcément simple.

Le rôle de Juliette est complexe. Il suppose pour le jouer une plongée dans des mondes peu communs. Je pense que c'est un rôle dévorant. Le matériau nécessaire pour le construire n'est pas tellement dans les mots que prononce le personnage – il y a peu de mots durant toute une partie du film – mais dans la compréhension de l'intériorité du personnage, de ses fractures, de son repli, de ses douleurs accumulées, et de ses choix radicaux qui l'ont éloigné du monde des hommes. Certes, de tout cela, nous avons parlé. Mais à un moment, il a fallu que Kristin, seule, aille chercher dans ce qui la constitue, dans sa vie, dans son parcours de femme, de mère, de sœur, d'amoureuse, les éléments pour construire le personnage. Il fallait qu'elle fasse ce voyage solitaire et qu'elle en ramène ce qui pouvait établir la vérité de Juliette.

Il y a eu peu de moments pour lesquels nous n'étions pas d'accord sur la façon dont Juliette devait se comporter. La tension qu'impose un tel jeu peut sans doute faire perdre la conscience qu'une actrice peut avoir du personnage, et il m'a semblé, dans ces moments, que Kristin ne savait plus dans quel film elle jouait ni qui était Juliette ni quel était mon désir. Sa solitude se heurtait à une autre solitude (cf. ce mot), la mienne, qui est la solitude de celui qui sait au milieu de ceux qui ne savent plus. Nos quelques engueulades furent alors violentes. « Je suis une bagarreuse » me dit-elle un jour, comme pour s'excuser et me faire comprendre que parfois elle avait besoin de cela. Moi, je suis tout sauf un bagarreur, mais je savais que je ne pourrais pas refaire deux fois ce film, et je savais ce que je voulais. Je savais comment devait se comporter Juliette. Il était donc primordial que je ne cède sur rien. Avec le recul, moi qui déteste le conflit, je me rends compte que ces deux ou trois disputes ne m'ont pas été désagréables, et qu'elles ont servi le film. Je dois même avouer que j'en ai un peu joué durant le tournage de la séquence finale pour aviver les tensions et augmenter plus encore l'intensité dramatique du moment.

Le plaisir de travailler avec Kristin dépassait le simple cadre du film. Je me suis toujours étonné du fait que le cinéma français, à mon sens, la sous-employait en lui offrant des rôles secondaires ou un peu archétypaux, tout en lui reconnaissant un très grand talent. J'étais heureux de lui donner, avec le personnage de Juliette, l'occasion de prouver qui elle était vraiment : une grande actrice.

J'ai beaucoup de plaisir à être avec elle, sans doute beaucoup plus qu'elle ne le pense, à nous revoir, à parler, à boire du vin, à discuter de tout et de rien. J'ai l'impression d'être tout à côté d'un arc-en-ciel qui déploie sa palette entière, et qui peut éblouir tant par sa douceur que par sa froideur. Toutes les nuances passent sur son visage, du gris le plus terne au rose le plus délicat. En un battement de paupières, elle vous charme ou vous cloue. Comme ces fleurs de papier bien connues au Japon, elle peut s'ouvrir en un instant, mais à l'inverse d'elles, elle peut aussi se refermer aussi vite. Ce qui me plaît chez Kristin, c'est de ne jamais savoir exactement ce qu'elle pense. Elle est comme un ciel de traîne dans lequel le plus clair des soleils peut bien vite se voiler de nuages, puis de nouveau être à découvert quelques instants plus tard. Il y a derrière ses yeux tant de choses accumulées qu'un metteur en scène ne peut avoir qu'une envie, y plonger les racines de multiples personnages.

Dans le futur proche ou lointain, j'ai envie d'une histoire de fantômes avec elle, quelque chose de cocasse et de drôle, ou de la voir en épouse cheveux gras, bardée de marmots d'un rocker minable toujours en tournée, et qui ne revient que de temps en temps à la maison pour faire laver ses caleçons et ses chaussettes. D'une façon ou d'une autre, j'ai très envie que nous retravaillions ensemble, et que nous nous bagarrions un peu.

LASSITUDE (absence de)

Curieusement, je ne suis jamais lassé de voir et de revoir le film, durant le montage et les phases

de post-production. Je l'ai vu intégralement sans doute plus d'une trentaine de fois, sans compter les innombrables séances de travail qui me le faisaient voir par morceaux. Il me semblait toujours retrouver un vieil ami, qui avait encore des choses à me dire, et qui réclamait mes soins.

LECTURE (absence de)

Je n'ai lu aucun livre durant toute cette aventure, et je n'ai écrit aucune ligne. Mon esprit était trop constamment, et exclusivement, occupé par la fabrication du film. C'est la première fois dans ma vie que j'ai passé ainsi de longs mois sans jamais ouvrir un livre. Je me suis beaucoup étonné de cela. Le film était en fait une sorte de monstre absolu et jaloux, qui m'interdisait toute autre fréquentation, qui m'absorbait nuit et jour et dont je ne parvenais pas à sortir du ventre. Curieusement, ce n'était pas du tout étouffant, bien au contraire, et cette *possession* me rendait parfaitement heureux.

LIENS

Partager le même sang, avoir été élevé par les mêmes parents, avoir connu la même enfance, la même éducation nous rend-il forcément proches ? Existe-t-il, au-delà de tout aspect rationnel, une reconnaissance intime qui fait que deux sœurs, séparées longuement et ignorantes l'une de l'autre pendant des années, parviennent à se rejoindre ? Ou, en d'autres termes, la vie peut-elle séparer vraiment ceux qui ont été liés au plus près ? Léa a toujours incarné dans cette histoire une croyance positive. Je pense que son personnage n'a jamais douté de la possibilité de retrouver, au sens plein du terme, sa sœur, quitte d'ailleurs à ce que ces retrouvailles pèsent lourdement sur son couple. Juliette par contre démontre par sa distance et sa froideur son cynisme. On sent bien qu'au début du film, cette jeune sœur chez qui elle revient est pour ainsi dire une étrangère pour elle. C'est peu à peu que le changement s'opère. Sur ce plan, Léa est sans doute le personnage le plus fort des deux. Celui qui a le plus souffert de la rupture des liens, mais celui qui met dans leur capacité à se recréer le plus d'énergie et d'espérance. On sent bien qu'il y va de sa vie.

Lignes mélodiques

J'essaie toujours de composer des textes qui possèdent plusieurs entrées et plusieurs niveaux de lecture. J'écris en tant que lecteur, le lecteur que je suis avant tout. Les livres que j'aime sont ceux qui à la fois me déroutent, me surprennent, m'invitent activement à les prolonger, les réécrire, et qui me proposent quantité de sens, qui souvent se dévoilent peu à peu, au gré de mes humeurs et de mes relectures. Je tente d'écrire des romans qui peuvent proposer cette fréquentation multiple. Pour le film, il en a été de même. J'ai essayé d'y entrelacer plusieurs lignes, certaines majeures, certaines mineures, qui invitent à des parcours variés. Je voulais avant tout qu'une grande simplicité se dégage de l'histoire, mais qu'on se rende compte que cette simplicité est en fait une sorte de rideau qui invite à être déchiré et derrière lequel se cache un monde beaucoup plus complexe.

Livres

C'est un film d'écrivain dans le sens où il montre l'importance que les livres peuvent avoir dans nos vies. Les livres, comme la maison, sont des personnages du film. Ils y tiennent un rôle essentiel. On les voit presque partout. J'avais envie de cette présence physique, et j'avais envie d'exprimer combien la place des livres dans nos existences peut se révéler essentielle. Les livres qui sont un peu plus mis en évidence témoignent de goûts très personnels. Papy Paul, dont la chambre ressemble à une cellule tapissée de livres, lit *Sylvie* de Nerval lorsque Juliette entre dans sa chambre, et elle lui avoue qu'elle a beaucoup lu ce livre elle aussi. *Sylvie* n'a pas grand rapport avec l'histoire du film, sinon que la nouvelle conte le retour du narrateur vers un être perdu qu'il a aimé jadis, mais il en a énormément avec ma vie. C'est une rêverie poétique à laquelle j'ai toujours été très sensible, et l'œuvre de Gérard de Nerval a contribué à me faire tel que je suis. Comme celle de Julien Gracq, pour d'autres raisons, et c'est pour cela que j'ai placé un album qui lui est consacré sur le bureau de Luc. Juliette le feuillette lorsqu'elle fait le tour de la maison.

Sur sa table de chevet, j'ai rassemblé des livres que j'aime beaucoup : *L'invention de Morel* de Bioy Casares, *Elisa* de Jacques Chauviré, *Qui a ramené Doruntine ?* d'Ismail Kadaré, *Tristes revanches* de Yoko Ogawa. Léa dans une séquence où elle est au lit tandis que Luc écoute des résultats de matchs de football lit *Le cavalier suédois* de Léo Perutz, que je rêverais de voir un jour adapté au cinéma. Michel évoque devant Juliette le dernier roman de Giono dans lequel un personnage muré dans son silence est surnommé *l'absente*. Il ne cite pas le titre du livre, *L'Iris de Suse*, mais on le retrouve dans une séquence finale : c'est le livre dont Juliette termine la lecture, apaisée, sur un banc du parc. Juliette lit un livre à P'tit Lys, qui s'est endormie. Elle feuillette avec Emélia un abécédaire. P'tit Lys lit à haute voix un conte, lorsque le téléphone sonne et que Samir apprend à Léa le sens des analyses médicales, cette même Léa qui s'emportait, c'est un paradoxe quand on sait son métier, contre les livres et notamment *Crime et châtiment*, à propos duquel un étudiant venait de faire un exposé. Presque tous les personnages ont un rapport avec les livres. C'est peut-être un des rares aspects militants de ce film, clairement avoué en tout cas. À l'heure où beaucoup se plaignent qu'on ne lit plus, je voulais montrer des vies traversées, nourries, soutenues par les livres. Et j'étais très heureux de voir la conséquence immédiate de la présence de livres dans la maison : des membres de l'équipe les touchaient, les regardaient, en lisaient quelques pages ou les emportaient le soir à l'hôtel. Ils cessaient alors d'êtres des choses inertes et de simples éléments de décor : ils avaient une existence.

Loges

Prisons mobiles dans lesquelles on enferme les comédiennes.

Lumière

J'aime beaucoup la fabrication de la lumière, tout ce préalable précis et technique auquel se livrent le chef opérateur et le chef électro. Tout est évidemment très professionnel mais il y a aussi un côté « bricolage » qui me ravit. Employer des filtres, des gélatines, des polystyrènes, des projecteurs, élever des tours, des échafaudages, jongler avec le soleil, le jour qui baisse, observer le ciel et les vents, calculer la vitesse de progression des nuages. C'est un laboratoire permanent qui se met en branle dès que le metteur en scène a émis ses exigences. C'est aussi une course contre la montre afin que la lumière soit prête le plus vite possible, qu'on ne perde pas de temps. J'avais dit mon désir que la lumière accompagne la progression du personnage de Juliette, qu'au début du film, on soit dans une certaine froideur, des tonalités métalliques et mates pour aller progressivement mais de façon subtile et presque imperceptible vers la douceur, la chaleur retrouvée. C'est un film qui va vers la lumière, qui l'absorbe peu à peu pour la restituer, et non pour l'étouffer. La lumière est une énergie qui vient dans le corps des personnages principaux et qui les régénère.

Maison

C'est un des personnages principaux du film. Je la voulais à la fois inquiétante dans certains de ses aspects, froide et douce, complexe. Changeante en un mot. Qu'elle ait en somme une nature humaine, qu'elle ne soit pas d'une seule tonalité, mais que les ambiances qu'elle dégage dépendent des scènes qui s'y jouent et des variations d'humeur des personnages. Que les pièces nous parlent de ceux qui y vivent.

Lorsque je suis entré pour la première fois dans cette maison, qui était inhabitée et dépouillée de tous ses meubles, j'ai été séduit par les proportions de l'entrée et par l'étrange escalier qui se prolonge en coursive. Ce n'était pas la maison de *Psychose*, mais j'y ai pensé tout de même, et puis j'ai pensé surtout à l'univers carcéral. Cette coursive, c'est un peu de façon réduite ce que l'on trouve dans de nombreuses prisons. Il y a un côté terriblement ironique à voir entrer Juliette dans cette maison quand on sait d'où elle sort.

Samuel Deshors, le chef décorateur, et Emma Cuillery, son assistante, se sont emparés de ce lieu et l'ont modelé pour qu'il devienne la maison de cette famille. Je voulais une vraie maison, qui ressemble à Léa et à Luc, une maison dans laquelle on sente vivre une famille, mais où on sente aussi une sorte de mélancolie, qu'elle ait un aspect un peu mort, comme si elle était entrée dans une léthargie incertaine. La chambre de P'tit Lys est douce et joyeuse. Celle de Papy Paul semble sortie d'un immeuble de Varsovie de la fin des années quarante. La cuisine est claire. C'est un lieu où s'exposent, se jouent et se disent des choses essentielles. Mais la chambre des parents, celle de Juliette, l'entrée, l'escalier, la coursive, le bureau de Léa déploient des sensations beaucoup plus sourdes. On sent que la maison est aussi un coffre qui garde les secrets de ceux qui y vivent, et dont les murs se chargent de toutes les paroles qui n'ont jamais été dites.

Maquillage

Ne garder que la chair, la gratter pour ainsi dire. Faire apparaître le sang, ou les strates de peaux successives, les liquides figés, les humeurs immobiles. Dépouiller le plus possible, et ne rien laisser de séduisant. Tenter de révéler, jamais de masquer. Parfois d'ailleurs, je voyais la caméra comme un scalpel indolore qui me permettait de prélever la chair de mes personnages, afin de la disposer sous l'œil d'un microscope et d'inviter le spectateur à l'observer. Et c'est vrai que souvent j'ai eu la sensation de faire un travail chirurgical,

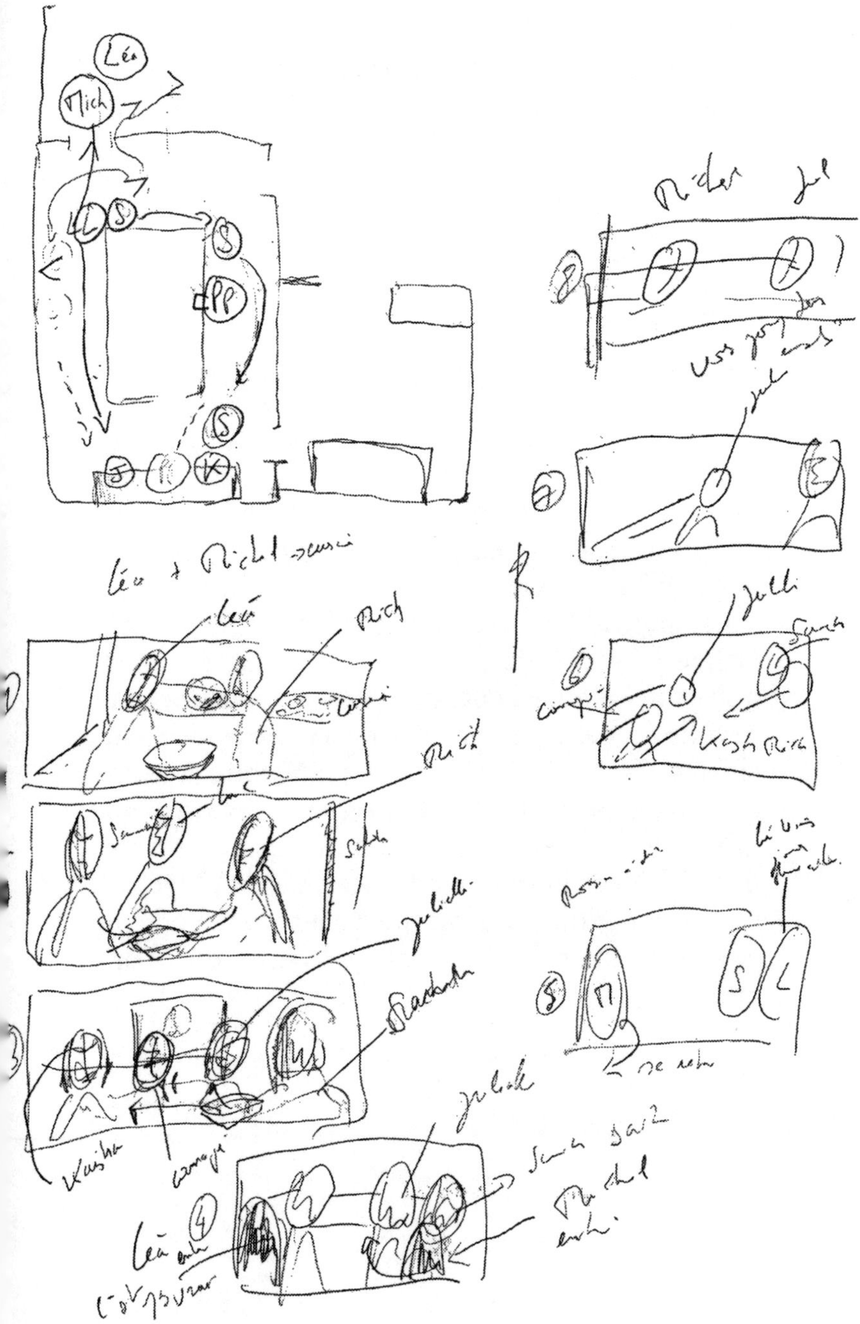

Léa
Mich
S
PP
S
K
Léa
Mich
Léa
Mich
S
L

tant j'étais hanté par la précision qu'il convenait de donner à chaque mot, à chaque geste, à chaque expression.

Mise en scène

J'ai pris soin que la mise en scène soit le moins possible visible. Je voulais que le spectateur oublie assez vite que quelqu'un avait pensé les choses, les avait créées, structurées. Ce qui m'importait, c'était que véritablement il entre dans cette histoire et qu'il vienne très vite s'asseoir aux côtés des personnages. Pour cela, je me suis toujours dit que la mise en scène se devait d'être d'une extrême simplicité, d'une totale sobriété pour qu'on en vienne à oublier la présence de la caméra, pour qu'aucun mouvement de caméra injustifié ne dévoile la belle supercherie de la fabrication du cinéma. Je me disais aussi que l'histoire à mon sens avait une telle force que pour la servir au mieux, je me devais, en terme de mise en scène, d'être d'une infinie modestie. J'ai employé le mot *servir*. Voilà, je crois que ce mot résume bien mon état d'esprit. Je devais *servir*, et que l'on m'oublie.

MONTER

Après le grand tumulte du tournage, se retrouver (presque) seul. Même le temps n'a plus du tout la même importance ni la même présence. On entre dans un autre rythme et un autre émerveillement. Sans doute le montage permet-il, avec le moment de l'écriture – là où finalement le film, même s'il n'existe pas encore, même s'il n'est qu'un rêve de film, devient soudain un grand corps articulé –, de prendre conscience de la naissance d'une unité. C'est un peu aussi comme si, après avoir été les yeux rivés sur des images, des images qui étaient tellement proches de nos yeux qu'on ne les distinguait guère, on prenait le recul nécessaire pour enfin les voir, les voir vraiment, ressentir leur poids, leur grâce ou leur maladresse.

Je ne sais pas trop pourquoi, mais je n'aime guère les mots « monter », « montage ». Sans doute parce que je ne peux employer le verbe « monter » sans penser à un chemin escarpé qu'il faudrait coûte que coûte gravir, alors que dans mon esprit, cette phase d'élaboration du film s'apparente plutôt à une descente, une descente dans les profondeurs du film, dans ce qui fonde sa constitution, sa légitimité. Revenir en quelque sorte aux racines du désir, à ces premières palpitations qui ont mis tout le grand corps en mouvement, a éclairé les premières ébauches, les lignes qui sont venues dessiner les prémices de l'histoire.

J'ai davantage eu recours à des métaphores qui évoquaient la vinification pour expliquer mon travail et mon état d'esprit durant ces mois d'été, où la pluie qui s'était mise à tomber au-dehors avec une régularité monotone qui ne me dérangeait pas du tout parce que j'ignorais tout ce qui n'était pas en rapport avec le film. Je parlais avec Brigitte et Yves, mes producteurs, non pas de *rushes* mais de *matière.* Je disais que, oui, nous avions là une belle matière, que j'en étais content mais qu'il restait encore beaucoup à faire, qu'il fallait notamment trouver le bon et juste *assemblage.* C'est le vocabulaire du vin qui venait dans ma bouche. On sait bien que les grands vins naissent des grands terroirs et du savoir du vigneron qui trouvera l'équilibre à donner entre les jus provenant des différentes parcelles ou des différents cépages, qui assemblera avec soin ce dont il dispose. Question d'équilibre, de beauté, de noblesse. C'est une alchimie étrange, dans laquelle la raison n'a guère de place et où l'intuition se révèle une alliée. Une fois de plus, lorsque je choisissais telle prise plutôt qu'une autre, lorsque je décidais de réduire de quelques images un plan ou de le laisser courir un peu plus, je n'expliquais guère ce qui dictait ce choix. Je savais, intérieurement, que ce devait être comme cela, je le sentais. Et je retrouvais alors la grande solitude du tournage, lorsqu'on doit revenir à l'intérieur de soi, parce que c'est le seul endroit où demeure ce qui a fait naître le film et ce qui doit l'orienter.

Virginie Bruant et moi travaillions devant des écrans d'ordinateur. Nous pouvions à l'infini varier les assemblages sans que la matière en fût perdue ni gâtée. Les nouvelles technologies permettent d'explorer quantité de montages possibles d'un film. On pourrait même imager maintenant un montage infini, un montage qui ne se terminerait jamais, ou bien un montage à la carte, qu'effectuerait lui-même le spectateur. Je me souviens de mes premières fois, il y a longtemps, lorsque muni d'une paire de ciseaux, d'adhésif, et des pellicules développées, je visionnais, je coupais, j'assemblais au moyen de ce petit appareil qui m'enchantait, la colleuse, et qui permettait à un amas de morceaux de pellicule de devenir un ensemble fragile, une sorte de guirlande noire qui embobinée et projetée allait devenir un petit film. J'avais devant mes yeux et entre mes doigts la matière de mes songes. Elle était physiquement présente, comme une créature. Elle est aujourd'hui prisonnière des machines, encodée dans des circuits informatiques, dormante dans des disques durs que j'imagine comme des gros gardiens, lourds et assoupis, mais qui ne ferment jamais complètement les paupières. Elle est en quelque sorte loin de moi, tout en venant de moi.

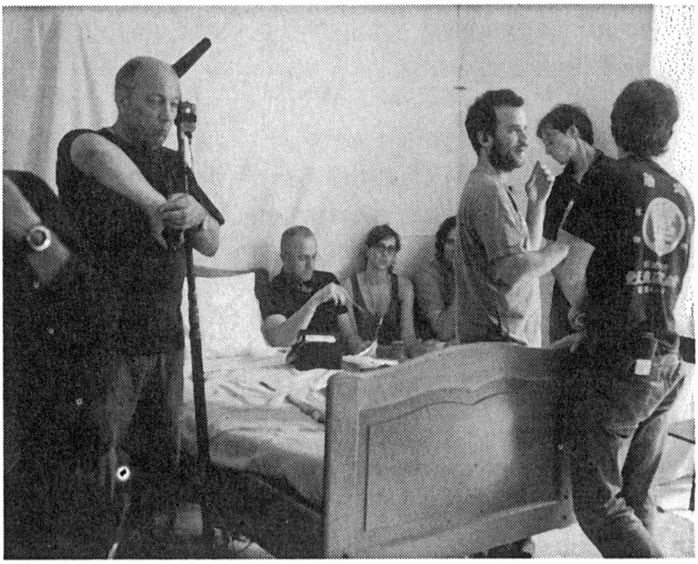

Nancy

Là aussi il est question d'amour. Entre la ville et moi. L'histoire d'*Il y a longtemps que je t'aime* ne pouvait se dérouler qu'en province. Elle évoque une vie, un rapport au temps, à l'espace, aux autres qui n'a rien à voir avec ce qu'on peut éprouver dans une capitale comme Paris. J'aurais pu la tourner dans n'importe quelle ville de province de moyenne importance, mais le choix de Nancy, en plus qu'il m'apportait le confort de pouvoir rentrer tous les soirs chez moi, m'a permis de raconter, de façon discrète, cette ville où j'ai vécu longtemps et dont je suis toujours géographiquement et humainement très proche. Tous les lieux que j'ai choisis ont un rapport avec mon histoire intime. Qu'il s'agisse du café Foy et de la brasserie l'Excelsior, où j'ai jadis passé tant d'heures à rêver ma vie en me demandant ce qu'elle allait être, des allées du parc de la Pépinière qui me renvoient à certaines douces nuits de mon enfance durant lesquelles nous allions sentir le parfum des roses et manger des gaufres, du musée des Beaux-Arts que j'ai hanté longuement quand j'avais une vingtaine d'années, de la piscine ronde de Nancy-Thermal, qui m'a toujours permis de voyager à moindre frais car en m'y baignant j'ai toujours eu l'impression d'être dans certains bains publics de Budapest, du cinéma Caméo que j'ai tant fréquenté, de la place Stanislas que l'on devine en arrière-plan et sur laquelle, un matin de juin, il y a vingt-cinq ans, j'ai pour la première fois embrassé celle qui allait devenir ma femme, du bureau de Léa à l'université, qui est mon véritable bureau. Certains membres de l'équipe me poussaient pour que je fasse une apparition furtive dans le film. J'ai toujours refusé. Je savais que j'étais déjà dans le film, grâce à tout ce que les lieux conservent de nos passages, à tous les lambeaux de paroles, les éclats de regard, les caresses dont ils ont été les témoins muets et dont ils sont les garants éternels. Il y a ainsi un autre film dans le film, un film qui ne peut être compris et vu que par quelques personnes et qui compose un portrait indirect mais véritable de moi.

NUMÉRIQUE

C'était un choix dès le départ. Je n'ai pas eu d'hésitation. J'avais vu les avantages que la HD proposait lors du tournage des *Âmes grises* d'Yves Angelo : la possibilité pour le metteur en scène de visualiser parfaitement sur un moniteur d'une grande qualité l'image qu'il était en train de composer, de se repasser éventuellement le plan qu'il venait de tourner pour vérifier telle ou telle chose, l'absence d'angoisse concernant un certain métrage de pellicule à ne pas dépasser, l'opportunité de tourner dans les ambiances peu éclairées, toutes ces raisons me faisaient préférer le numérique au 35 mm. Ce qui était important aussi, c'était que le film que j'allais faire comportait très peu de plans larges en extérieur – ce qui présente encore quelques difficultés en numérique –, mais allait s'attacher essentiellement à des plans serrés sur des visages, et souvent faits en intérieur.

Durant le tournage, je n'ai pas regretté mon choix, bien au contraire, à l'exception de certaines scènes en extérieurs, où des contrastes de lumière très violents auraient été plus simples à apprivoiser en 35 mm. Mais ce qui finalement est gênant, c'est qu'après avoir étalonné le film en numérique, on opère le transfert sur pellicule afin qu'il puisse être projeté dans les salles qui, à quelques exceptions près, ne sont pas équipées de projecteurs numériques. On revient donc au 35 mm, qu'il faut de nouveau étalonner pour avoir le même résultat que celui qu'on avait précédemment obtenu. Cette étape peut être délicate. L'idéal serait évidemment de pouvoir projeter directement en numérique, ce qu'avait exigé Bergman je crois pour la sortie de son dernier film en France, ce qui fait qu'il avait été montré dans un nombre très restreint de salles.

Nuit

Nous avons connu de très belles nuits d'été, presque chaudes d'ailleurs, durant le tournage. Entre les plans, je regardais souvent le ciel noir et d'un moelleux si consistant que je pouvais presque me persuader qu'il s'agissait d'une partie du décor, que c'était là un grand drap tendu au-dessus de nous, et que derrière, à quelques mètres seulement, il y avait la grande lumière solaire, retenue captive. La nuit distille une ambiance toute particulière, une forme de calme serein, et chez moi, très bizarrement, une propension à aimer tout le monde.

Pathos

Le pas de trop.

Photogénie

La scandaleuse iniquité de la photogénie. Être ou ne pas être photogénique. Nous nous en rendions compte chaque jour, dès lors que certaines ou certains d'entre nous passaient devant la caméra et que nous les apercevions sur le moniteur de contrôle. La plupart d'entre nous n'y laissaient aucune trace, mais parfois, soudain, on se poussait du coude, quand apparaissait sous le jour nouveau que la caméra révélait un visage que pourtant nous voyions chaque jour, chaque minute, sans nous douter combien la lumière l'aimait et le sculptait avec grâce afin de nous le faire redécouvrir.

Piano

C'est le beau témoin endormi d'une histoire ancienne. C'est le piano d'une comptine, mais c'est pour ainsi dire un piano de conte. Il est le témoin délaissé d'une époque heureuse, celle de l'enfance et de l'adolescence de Juliette. Assoupi dans le grenier et légèrement désaccordé, il attend les doigts magiques pour le tirer de sa léthargie. P'tit Lys, aidée de sa tante, sera la princesse qui va de nouveau le rendre vivant. C'est par elle que l'histoire de la famille va pouvoir reprendre son cours.

Poissons rouges

Ce sont des prisonniers dociles et des comédiens peu capricieux. Je les trouvais parfois un peu endormis dans leur bocal, et je demandais qu'on les excite afin qu'on perçoive davantage leurs mouvements en arrière-plan dans quelques séquences. Je songeais souvent à Matisse en les regardant. Ils vivent désormais chez moi, dans ma cuisine. Je n'aurais jamais pensé un jour partager mon existence avec trois acteurs.

Prison

Le principe du creux et du négatif. La rendre sans cesse présente mais ne jamais la voir. J'étais davantage intéressé par le fait de montrer les conséquences de l'enfermement plutôt que l'enfermement lui-même. Il y a quelques années, suite à la parution d'un récit qui s'intitule *Le bruit des trousseaux*, et qui parle des onze années pendant lesquelles je suis allé chaque semaine donner des cours en prison, à la demande d'un producteur j'avais essayé de réfléchir à une adaptation du livre pour le cinéma. J'avais écrit un scénario, mais j'avais fini par dire que le projet ne m'intéressait plus. Il est très difficile de rendre compte de l'univers particulier qu'est la prison sans tomber dans des clichés que le cinéma a souvent mis en scène. Il me semble que la mise en fiction de la prison y conduit toujours. Le livre d'ailleurs que j'avais écrit n'est pas un roman. J'avais volontairement choisi une forme neutre, le récit, fragmentaire, tout le livre est composé de petites scènes vues, qui n'entretiennent aucun rapport entre elles sinon qu'elles se déroulent dans le même lieu, et une écriture la plus neutre possible pour éviter tout traitement caricatural. Je pense que si une adaptation avait été envisageable, ou souhaitable, du livre, elle aurait dû trouver un équivalent cinématographique à ces choix, et ne pas aller vers une construction logique d'une histoire comprenant des péripéties, une évolution, etc. J'avais donc abandonné. Par contre, ce que je ne peux pas abandonner, c'est l'importance qu'a eue dans ma vie la découverte et la fréquentation du monde carcéral, et la façon dont cela a modifié ma personnalité et ma façon de voir les autres et le monde. Des romans comme *Les âmes grises* et *Le rapport de Brodeck* ne se seraient jamais écrits si, dans ma vie, il n'y avait pas eu ces longues années durant lesquelles, plusieurs fois par semaine, je franchissais des portes qui m'amenaient dans un autre monde, banni, tu, passé sous silence, et qui pourtant fait partie du nôtre.

Dans *Il y a longtemps que je t'aime*, je me suis efforcé, en évitant les grands effets, de témoigner de ce que la prison – et notamment les longues peines – produit sur les êtres. La façon dont la prison coupe, retire, lamine, désocialise, éteint, écrase les êtres qui l'ont connue longuement. La façon aussi dont ceux qui n'ont jamais connu la prison regardent celles et ceux qui en sortent, mélange de rejet, de crainte, de trop grande compassion, d'indifférence et d'inquiétude. Certes Juliette est comme elle est parce que son histoire personnelle l'a conduite sur l'autre rive de la douleur, là d'où elle pense qu'elle ne pourra jamais revenir. Mais elle incarne aussi la brisure, la mise à l'écart, l'impossible réadaptation au monde, la peur d'être de nouveau dans ce monde extérieur qui prend le pas sur le plaisir d'être libre de nouveau. Que représente la liberté vraiment dans une existence qui a été brisée ?

Je pense qu'une des paroles les plus significatives de Juliette à ce propos, c'est lorsqu'elle dit à sa sœur que « *la pire des prisons, c'est la mort de son enfant. Celle-là, on n'en sort jamais* ». En partant d'un univers réel, la prison, que j'ai connue même si ce n'était que d'un seul côté, peu à peu le film m'a emmené vers un élargissement métaphorique de la notion d'enfermement : enfermement dans la maladie, dans le secret, dans la solitude, dans l'aphasie, dans la douleur, dans le deuil. Beaucoup de personnages illustrent ces variations. Pour autant, ce ne sont pas des monstres, des êtres improbables, vertigineux ou hors normes. Ils nous ressemblent. Nous les connaissons. Ils sont dans nos vies, dans nos familles, dans nos cercles d'amis. Ils sont des blessés de la vie, petits ou grands. Comme nous.

PRODUCTEURS

C'est grâce à Brigitte Maccioni et Yves Marmion que ce film a pu se faire. Écrire et réaliser un film ne me paraissent pas les étapes les plus complexes. Faire en sorte que ces étapes puissent exister me paraît autrement plus difficile à réussir. Tous deux furent des complices précieux, et je m'étonne encore de la confiance qu'ils m'ont témoignée alors qu'ils ne me connaissaient pas, et que je n'avais aucunement fait mes preuves. Tout au long de cette aventure, ils furent discrètement mais constamment à mes côtés. L'enthousiasme de Brigitte et la tranquille assurance d'Yves levaient pour moi tous les doutes que je pouvais avoir à propos de la concrétisation du projet. Ma tâche ensuite fut de ne pas les décevoir, et j'ai souvent songé à cela, tout au long du tournage.

PUBLIC

Comme lorsque j'écris, lorsque j'ai filmé, je n'ai à aucun moment pensé au public qui un jour regarderait le film que j'étais en train de faire. Pourtant, il y avait une différence fondamentale dans mon attitude : quand j'écris un livre, je l'écris pour moi seul. Mais je ne peux pas dire que je réalisais ce film pour moi seul. Je savais que sa finalité me dépassait, et qu'il ne m'était pas destiné, ni en exclusivité, ni même en priorité. Il y avait donc bien, quelque part, un public en sommeil, sans visage, dont je ne connaissais ni les contours ni les attentes, mais qui était souterrainement présent. Plus tard, durant le montage, j'ai davantage ressenti sa présence ou plutôt ses exigences. Sans vouloir le flatter ou aller vers ses goûts supposés, je n'avais pas non plus envie de l'ennuyer. Et c'est bien la conscience du public qui m'a poussé à trouver un point d'équilibre entre la lenteur, l'attention que je voulais que l'on ait sur telle ou telle scène, et le déroulement. C'est donc avec cette prise en compte de l'autre que le rythme du film s'est mis en place. Un rythme suffisamment décalé pour faire changer d'habitude le public mais pas trop tout de même pour ne pas le perdre. Pour embarquer quelqu'un dans une aventure, il ne faut pas oublier, me semble-t-il, de lui tendre la main.

Références

L'univers d'*Il y a longtemps que je t'aime* emprunte par moments à d'autres univers des humeurs, des constructions, des tonalités, et son espace s'ouvre alors à d'autres espaces. Il n'y a pas forcément de cohérence à trouver entre les œuvres que je vais citer mais je les ai consciemment sollicitées au long du tournage. Au début du film, la tenue de Juliette, son visage, la façon de la filmer en contre-plongée dans l'escalier, l'étrangeté de son attitude, le mystère qui l'entoure, tout cela nous entraîne dans un climat proche de certains films d'Hitchcock ou du film d'Amenábar, *Les Autres*. Ce n'était pas un clin d'œil de ma part, mais une volonté de retrouver une ambiance inquiétante qu'ils ont su tous deux parfaitement traiter.

Plus directement, j'ai travaillé un décor pour qu'il paraisse un avatar d'un autre décor qui m'avait marqué : l'appartement de Michel dans lequel a lieu la première confession de Juliette, je l'ai voulu inspiré de l'appartement du personnage principal de *Manhattan* de Woody Allen. Si l'on s'en souvient, il y a à un moment dans ce film un plan fixe, dans cet appartement, de nuit, où le personnage et sa jeune maîtresse parlent. Le travail de la lumière est remarquable et met en valeur notamment l'escalier en colimaçon qui mène à l'étage. Il ne s'agissait pas pour moi de reproduire à l'identique cet appartement, mais d'en trouver un qui m'y faisait songer, et ensuite, de travailler les lumières pour recréer une intimité et une douceur proches de celles qui m'avaient plu dans ce film.

La préparation du filmage du grand dîner à la ferme, je l'ai faite en m'inspirant de la façon dont Claude Sautet avait filmé un repas dans *Max et les ferrailleurs*, celui au cours duquel Bernard Fresson explique à ses camarades le hold-up qu'il projette. Je me suis passé et repassé plusieurs fois la scène et ensuite j'ai appliqué ce que j'en avais retenu. C'était une forme d'hommage décalé à Sautet, dont j'ai toujours admiré le cinéma, et qui pour moi est un des plus grands metteurs en scène français. C'est aussi pour cela que j'ai tenu à ce qu'il y ait un portrait de lui dans la maison. C'est un petit portrait situé sur le mur de droite du bureau de Luc. On ne peut pas le voir vraiment, mais moi, je sais qu'il est là.

Non loin de ce portrait, j'ai placé une affiche de *To be or not to be* de Lubitsch. À vrai dire, je voulais une affiche de *The Shop around the Corner*, mais nous n'en avons pas trouvé. L'univers de Lubitsch est très éloigné de celui du film, c'est presque son envers, et c'est justement cela qui m'intéressait.

Lorsqu'il s'est agi de montrer la solitude de Juliette, de l'accentuer, notamment le premier soir où elle se retrouve dans la maison, j'ai demandé à Jérôme de composer une lumière qui puisse rappeler certains tableaux de Hopper dans lesquels les personnages ont l'air comme délaissés par le monde et sont saisis dans des intérieurs très impersonnels. Le cadre a été choisi en conséquence également, tout comme le cadre et la position de Juliette lorsqu'elle est allongée sur son lit, immobile, après qu'elle a appris le suicide du capitaine de police, ont été décidés pour évoquer le hiératisme des statues de gisants du Moyen Âge.

J'ai voulu aussi inviter par leurs œuvres interposées deux photographes amis, Richard Bato, dont deux portraits d'enfants tziganes sont dans la maison, et Laure Vasconi. J'ai posé à terre deux photographies de Laure dans l'entrée, et j'ai surtout composé un plan avec un cadrage et une lumière qui rappellent certaines de ses œuvres : c'est le plan large durant lequel Michel et Juliette arrivent de nuit devant la maison, après le dîner à la ferme.

Une œuvre très proche de moi, et à propos de laquelle j'avais jadis écrit un livre, est celle d'Émile Friant, un peintre nancéien dont certaines œuvres sont exposées au musée des Beaux-Arts. La peinture de Friant m'a toujours beaucoup touché, comme elle touche généralement toutes celles et ceux qui la découvrent. Le grand tableau, *La Douleur*, propose une vision violente de la mort, du deuil, et de l'enterrement. C'est une apothéose de l'expression même de la douleur, à la fois dans le dessin des visages bouleversés, des larmes qui ont rongé les chairs, du mouvement qui entraîne vers la tombe. C'est aussi un tableau de femmes, les hommes sont rejetés à l'arrière-plan, comme s'ils étaient inutiles. Les femmes sont entre elles. Elles qui donnent la vie sont là à contempler la mort. Cette œuvre tempétueuse s'oppose au calme de Juliette qui la regarde. Elle est très loin aussi de l'autre tableau de Friant que montre Michel à Juliette, cette *Jeune fille dans un paysage de neige*, enfermée dans son cadre, éternellement fraîche et rose, figée dans ses vingt ans et sa songerie, et qui paraît immensément calme.

Pour finir, bien que n'étant pas un amoureux du cinéma de Bergman, c'est à lui que j'ai songé quand il s'est agi de filmer les deux sœurs réunies dans la chambre de Juliette, après la violente dispute dans l'escalier. Je n'ai pas essayé de fouiller ma mémoire ni de revoir certains films de Bergman afin de travailler ces scènes, je me suis simplement imprégné d'intentions que je croyais avoir décelées chez lui, une forme de proximité dès lors qu'il s'agit de révéler les drames et les tensions intérieurs, la façon aussi dont la dureté des visages peut s'amalgamer à leur beauté, la lecture de l'épuisement dans des regards, des sourires. Peut-être d'ailleurs n'y a-t-il rien de tout cela chez Bergman, je ne suis pas un spécialiste de son cinéma, bien au contraire, et ce sont peut-être des idées fausses, mais en tout cas, ce sont elles qui m'ont guidé.

Règles

Je n'ai jamais trop aimé les règles, d'aucune sorte que ce soit. En cinéma comme ailleurs, je ne m'en soucie guère. Je préfère toujours me fier à ce que je ressens, à ce que j'imagine être au plus près de ce que je veux dire, de comment je veux le dire. Ce n'est pas non plus une attitude qui viserait à les contredire sans cesse, c'est plutôt l'exercice d'une liberté totale qui n'a comme barrière que celles qui naîtraient d'une sorte de sentiment de hors sujet.

Repérage

Une bande d'hommes essentiellement, une quinzaine, qui va de lieu en lieu, parle, évalue, prend des photographies, et se fait ouvrir des portes. Je me souviens de notre équipe, dans une chambre d'hôtel, et de l'effroi de la propriétaire, que son mari n'avait peut-être pas totalement avertie, à nous y découvrir. Je ne sais pas ce qui lui est alors passé par la tête – peut-être s'est-elle dit que nous préparions une débauche peu commune, à base de sodomie collective – mais elle

Gérard

… cachée en Suisse ? Dans un couvent ? Juliette était-elle…

Luc

Mais tu ne vois pas que tu fais chier tout le monde ?

Gérard

…montreuse d'ours dans un cirque, agent secret du Mossad, amnésique ? Répondez Juliette ! Répondez je vous prie !

Léa

Ta gueule, Gérard ! Ta gueule !

Luc

Je te ~~fous mon poing dans gueul~~e si tu ne la boucles pas !

Gérard

Allons, laissez-la parler ! Pour une fois que j'ai une véritable héroïne de roman face à moi, je veux l'entendre me dire…

Michel

Que tu ~~fais chier tout le monde !~~

Gérard

Me dire la vérité…Disparition de Juliette/ réapparition de Juliette ! Hop ! Hop ! (*il mime un escamotage*)

~~**Un homme**~~

Va te coucher !

Gérard

Non, pas avant de savoir où était Juliette, la belle Juliette ! Juliette ! JULIETTE !!!!

Il se tait, la regarde. Les bruits s'estompent. Un silence se fait.

Juliette

J'étais en prison, ~~pendant 15 ans. J'ai tué mon fils.~~

Juliette a dit cela très calmement. Il y a ensuite un silence absolu, très bref. Puis soudain Gérard éclate de rire, suivi de tous les autres, à l'exception de Léa, de Luc, de Michel.

nous a promptement fichus à la porte. Tout s'est par la suite arrangé, et lors du tournage, elle nous a reçus avec sympathie. C'est dans cette chambre qu'a lieu la scène entre Juliette et l'homme rencontré dans un bar.

Ressemblance

Il n'y avait pas chez moi, lorsque j'ai commencé à réfléchir sur le film, le souci que Juliette et Léa soient physiquement proches. Je me disais que de toute façon la crédibilité se placerait ailleurs. Mais lorsque pour la première fois j'ai réuni pour une lecture Kristin et Elsa, et que j'ai vu leurs visages côte à côte, j'ai vraiment vu deux sœurs. Et cette impression de parenté s'est augmentée quand j'ai rencontré Claire Johnston, la comédienne irlandaise qui interprète la mère de Juliette et Léa. Claire était coiffée de la même façon que Kristin. Et il y avait ce regard, cette intensité de regard que ces trois actrices partagent. C'était très troublant. De la même façon, il y a une cohérence physique à ce que Jean-Claude Arnaud soit dans le film le père de Serge Hazanavicius. Tous ces éléments, même s'ils ne sont pas fondamentaux, j'en suis convaincu, participent néanmoins à cette illusion réaliste que produit le film.

Roman

J'ai terminé l'écriture du *Rapport de Brodeck* juste avant de commencer la préparation du film. Durant le tournage, il a fallu que je relise les épreuves du livre. Ce fut très fastidieux, et complètement exotique. Je ne sais pas pourquoi j'ai eu alors le sentiment que c'était mon dernier roman, sentiment que j'ai encore. Est-ce parce que j'étais engagé dans une entreprise tellement différente et qui me comblait ? Étais-je en train d'abandonner un genre, comme on quitte une femme qu'on a longtemps aimée pour en suivre une autre ?

Rythme

Le rythme du film épouse la progressive renaissance du personnage de Juliette. C'est un être ankylosé, hésitant, perdu, cadenassé qu'on découvre au début. Tout est source de gêne, à la fois pour elle et pour ceux qui l'entourent. Je voulais témoigner de ce malaise et de cette léthargie en misant sur la durée – durée d'un plan, durée d'un silence, durée d'un trouble – et en choisissant un montage qui excluait tout dynamisme. Le contraire aurait été simple à faire, et sans doute davantage séduisant pour le spectateur. Il fallait au contraire déranger le spectateur dans ses habitudes, l'inviter à s'arrêter un peu plus qu'à l'ordinaire sur ce qu'il était en train de voir, et donc changer son regard, modifier son approche du personnage et de la situation. Par la suite, le rythme s'accélère à mesure que Juliette reprend pied dans la vie, et à mesure qu'elle parvient de nouveau à tisser des relations avec les autres. Une image m'a servi pour construire cela : celle d'un moniteur de contrôle sur lequel on peut lire l'électrocardiogramme d'un patient qui vient de faire un arrêt cardiaque. Tout est plat au départ. Il n'y a pas de son. Le tracé de la ligne verte est affreusement rectiligne. Mais à mesure que les médecins s'activent à prodiguer des soins, commencent à apparaître les premiers tressautements, la ligne verte se brise, s'étoile en éclairs, les quelques premiers battements sont relayés par des bips sonores qui percent le silence. Espacés au départ, ceux-ci finissent par se rapprocher. Les sauveteurs ne relâchent pas leurs efforts et la ligne se brise de plus en plus pour bientôt dessiner un tracé régulier dans ses hachures, tandis que la pièce s'emplit d'une ponctuation retrouvée, celle d'un cœur qui bat de nouveau.

Scénario

Le très précieux squelette.

SOLITUDE

On lit souvent que le metteur en scène est la personne la plus seule au monde. C'est bien sûr un peu exagéré mais il y a tout de même une grande part de vérité dans cela. C'est d'ailleurs très paradoxal d'éprouver cette solitude alors qu'on se trouve en compagnie d'une quarantaine d'hommes et de femmes qui sont tous au service de votre projet. Chaque personne des équipes technique et artistique a bien entendu connaissance du scénario et travaille à sa métamorphose, mais à bien des moments, je me rendais compte que moi seul savais véritablement ce que je voulais, ce que je voulais faire. J'étais donc le gardien d'une forme de cohérence, d'une ligne et d'un cap à tenir. Il me fallait souvent refuser telle ou telle idée ou suggestion séduisante sur l'instant mais qui finalement aurait fait dévier le sens du film. Ce n'était pas toujours simple. Je n'avais pas toujours le temps d'ailleurs d'expliquer mes choix, car un tournage, même lorsque celui-ci se passe dans une atmosphère paisible, est toujours une course contre la montre, et on ne peut pas perdre de temps à faire de la pédagogie ou l'analyse de ce que l'on veut faire. Ce qui fait que ces décisions que je prenais évidemment seul augmentaient plus encore ma propre solitude.

Mais cette solitude, ce recueillement, je les recherchais aussi, je dois bien l'avouer. J'avais besoin de me retrouver seul, afin de me concentrer sur ce que je voulais faire, afin de retrouver l'essence de mon projet, cette direction et cette empreinte qui étaient la chair et le sang du film. Il n'était pas rare que je me retire dans une pièce, dans un coin de la maison et que je demande à ne pas être dérangé pendant quelques minutes. J'avais besoin de créer des yeux dans ce cyclone, et de m'y reposer un instant pour m'y retrouver et retrouver mes sensations.

Pour les mêmes raisons, la plupart du temps, je me faisais livrer un plateau et déjeunais seul sur le décor tandis que l'équipe allait à la cantine. Pendant une heure, je ne voyais personne, je ne parlais à personne, je ne disais pas un mot, je n'écoutais personne. Je pensais à ce que j'allais faire. Je dessinais mes cadres. Je corrigeais un dialogue. Je regardais le décor vidé de toute sa vie et de sa rumeur. J'étais un peu comme lui.

Sommeil

J'avais des nuits lourdes et brèves, profondes comme des nuits d'ivrogne. Je rentrais souvent très tard, et je m'écroulais dans le lit, sans penser à rien, en tout cas je le croyais. Mon sommeil durant cette année où le film était devenu le centre de ma vie ne s'est peuplé que de très peu de rêves dont je me souvienne. Un seul me revient, et qui m'avait bien étonné. J'étais à quelques semaines du tournage et Jacques Chirac, qui était encore président de la République, me recevait à l'Élysée et me demandait d'être son Premier ministre. J'étais paralysé. J'avais beau lui dire que je n'avais aucune compétence pour cela, il me raccompagnait en me rassurant, me tapait sur l'épaule, m'offrait une boîte de chocolats et me disait qu'il était sûr que je ferais cela très bien car, au fond, ce n'était pas très compliqué. Ensuite il me faisait monter dans une voiture et ses derniers mots étaient « *Vous commencez demain !* ». La voiture démarrait, je me retournais, il était sur le perron et me disait au revoir en faisant de grands gestes de la main et en souriant.

Suspense

Il ne s'agit pas à proprement parler d'une histoire à suspense. Elle ne repose pas sur le dévoilement d'une vérité tue et masquée, même si, à la fin, dévoilement il y a. Le but n'a jamais été de cacher des choses au spectateur, de le berner, de l'entraîner sur de fausses pistes, de jouer avec lui. Ce que je voulais, c'était au contraire lui faire peu à peu abandonner cette curiosité première. Commencer le film sur le mystère de Juliette, se demander qui est-elle vraiment, qu'a-t-elle fait, pour qu'ensuite peu à peu les réponses à ces questions deviennent secondaires par rapport à l'intérêt que le spectateur va porter à cette figure de femme, à ses relations avec les autres, au couple des deux sœurs qui essaie de se reconstituer. Je souhaitais que le spectateur ne décroche pas parce qu'il allait être tenté d'en savoir plus, non pas au sujet de l'énigme, mais au sujet de Juliette et de tous les êtres qui gravitent autour d'elle.

Suppressions

Au montage, j'ai fait disparaître quelques scènes et avec elles une comédienne et un comédien. Je m'en suis beaucoup voulu de gommer ainsi le travail qu'ils avaient fait, d'autant qu'ils étaient très bons tous les deux. Mais le premier montage obtenu durait plus de deux heures et surtout, je me rendais compte que les scènes dans lesquelles ils intervenaient n'apportaient pas grand-chose en terme de progression dramatique, bien au contraire. Ce ne furent pas des décisions difficiles à prendre car à l'évidence, le film y gagnait, mais elles furent difficiles à assumer moralement car je rayais deux présences d'un coup, deux présences qu'aucun spectateur ne verra jamais alors qu'elles avaient *effectivement* participé à la construction du film.

Je me suis beaucoup interrogé aussi sur l'ensemble de séquences qui montrent les deux sœurs se préparant à passer une soirée ensemble, le départ de la maison, l'arrivée à la discothèque, la fuite de Juliette, sa prostration sous le porche, le retour en voiture. C'est un bloc important du film mais totalement autonome, que l'on pouvait retrancher sans affecter la narration. J'ai fait un montage en l'enlevant et j'ai regardé le film. Il existait, mais ce n'était évidemment pas tout à fait le même film. Je ne sais pas pourquoi j'ai réfléchi autant à cette suppression, durant des mois, alors que rien ni personne ne m'y avait poussé. J'ai finalement choisi de garder ces séquences car elles m'émouvaient sur différents points : Juliette se maquille et s'habille pour aller danser. Cette tentative pour se rendre jolie est touchante car elle n'est pas du tout concluante – c'est peut-être le seul moment du film où Juliette n'est pas belle – et on comprend bien qu'elle ne sait plus comment s'occuper d'elle, qu'elle a aussi oublié cela. Par ailleurs, les deux sœurs sont ici très proches et tentent de vivre ce qu'elles auraient dû connaître des années plus tôt, l'aînée emmenant la cadette danser. Et puis, c'est surtout le seul moment, avant la fin, où l'on voit la carapace de Juliette se fissurer, où des larmes apparaissent sur son visage, où la douleur retenue commence à poindre. C'est en quelque sorte une annonciation de ce qui arrivera un peu plus tard.

Durant le tournage, j'ai été confronté à un autre problème : dans le scénario, Léa apprenait par Samir au téléphone l'interprétation des analyses médicales. La scène avait lieu dans son bureau à l'université, en présence de Bamakalé, l'étudiant africain. J'ai tourné la scène comme cela. Elle était réussie. Il y avait un contraste assez fort entre l'émotion qui s'emparait peu à peu de Léa et la présence de Bamakalé, que personne n'écoute jamais dans cette histoire. Mais en voyant les rushes, Yves Marmion m'a alerté sur le risque inhérent à la présence de cette séquence à cet endroit du film. Le comique qui se dégage de Bamakalé ne cadrait pas dans la tonalité de la fin du film. J'ai donc imaginé une autre scène, celle que l'on voit dans le film :

RETAKE 101. MAISON LÉA ENTRÉE.
P'tit Lys lit à haute voix un livre de contes, elle est installée sur le fauteuil qui est à côté du bureau de Luc.

P'TIT LYS
Le prince avançait lentement dans la forêt. Son beau cheval était silencieux et ses sabots ne faisaient aucun bruit sur les mousses. Les branches devant lui par miracle s'écartaient...

Le téléphone sonne soudain. La petite s'adresse à sa mère qui est hors champ.

P'TIT LYS
Maman ! Téléphone !

Entrée de champ de Léa, qui décroche. La petite regarde sa mère, et suspend sa lecture.

LÉA

Ah bonjour Samir. Oui, je t'écoute.

P'tit Lys reprend sa lecture à haute voix (qui devient peu à peu off). Elle dure tout le temps de la conversation au téléphone. La caméra avance sur Léa dans un lent travelling.

P'TIT LYS

Les branches par miracle s'écartaient comme si de grandes mains invisibles les avaient retirées afin qu'elles ne le blessent pas. Au-dessus de la cime des arbres, vers le couchant, le ciel commençait à prendre la couleur des roses. « Arriverais-je à temps ? » se demandait le prince. Il se souvenait de ce que lui avait dit le magicien. « La nuit est ta seule ennemie. Lorsque sur le monde, elle aura jeté son manteau de ténèbres, et que tu ne pourras plus distinguer entre l'ombre du chien et celle du loup, tu sauras qu'il est trop tard, et que ta belle amie sera perdue pour toi à jamais. Hâte-toi si tu l'aimes. Hâte-toi. » Le cœur du prince battait très fort. Il savait qu'on pouvait arrêter beaucoup de choses, que son courage et sa force lui avaient permis de surmonter bien des épreuves, mais il savait aussi que le temps qui passe est le plus dur ennemi de l'homme, qu'on ne peut l'arrêter jamais. Il songeait au doux visage de sa belle, aux ténèbres, et son âme tour à tour souriait et pleurait.

LÉA

Merci...

Elle raccroche.

P'TIT LYS (off ou on)

Maman ! Maman... ça va ?

La scène est évidemment beaucoup plus forte comme cela, d'autant que j'ai tenu, au mixage, à ce que la voix de l'enfant, et le fragment d'histoire qu'elle lit et que j'avais inventée pour la circonstance, soient audibles, et que le spectateur en même temps qu'il s'approche du visage de Léa, qui commence à comprendre le destin tragique de son neveu, perçoive donc la voix de P'tit Lys, enfantine et caressante, comme un contrepoint à la douleur.

VIE

C'est bien la seule chose qui m'intéresse, et c'est mon seul souci. Être dans la vie, ne pas s'éloigner d'elle. Faire en sorte que le film s'inscrive en elle et s'en nourrisse. Il était fondamental pour moi que le spectateur se dise que les personnages qu'il voyait évoluer, il pourrait les rencontrer. Peut-être d'ailleurs les croise-t-il chaque jour, dans son travail, son voisinage, sa famille. Les décors, les costumes, les lumières, les paroles, les préoccupations, les soucis, les rires, les larmes, les émotions font partie de nos vies. Ils ne sont nullement extraordinaires. C'est bien au contraire l'ordinaire du quotidien qui me servait de cap. Tenter de faire un cinéma qui fasse oublier le cinéma. Un cinéma qui nous rapproche les uns des autres et nous ramène au cœur de nos vies.

VISAGE

Souvent dans les métros, les trains, les bus, les cafés, je regarde les visages. Je les regarde longuement. Il y a tellement de choses à lire sur les visages. J'écris des histoires, elles deviennent des livres, ou un film comme *Il y a longtemps que je t'aime*, et puis ensuite, je reviens dans la vie, et je vois tous ces visages, et toutes les histoires qu'ils dessinent. Je me dis alors que je n'ai fait, une fois de plus, que frôler les choses, que je n'ai rien dit qui soit aussi saisissant, aussi profond, aussi complexe que ces visages.

C'est la raison pour laquelle, sans doute, j'ai voulu être au plus près des visages des comédiennes et des comédiens. Je voulais que le spectateur les contemple et les ausculte. Je voulais surtout laisser parler ces visages, qu'ils disent, en

dehors du soutien des mots, leur vérité, et que le rythme du film permette qu'on s'y attarde, qu'on s'y pose comme sur une surface sensible qui renverrait à celui qui la touche toutes ses vibrations.

Voler

Chaque jour de tournage, j'étais le voleur. Il me fallait mon butin. Et tous les moyens m'auraient été bons pour me le procurer.

Yves Angelo

Il y a quelques années, nous nous sommes rencontrés dans une émission de télévision où nous étions invités tous les deux. C'était en 1999, à l'occasion de la parution de mon premier roman, *Meuse l'oubli*. Yves avait lu le livre et l'avait aimé. À la fin de l'émission, il m'a demandé si j'accepterais d'écrire un scénario avec lui. J'avais été très surpris par cette proposition. Nous nous sommes vus le surlendemain et avons commencé à travailler sur ce qui allait devenir, quelques années plus tard, *Sur le bout des doigts*, sorti en 2002. J'ai beaucoup aimé travailler avec Yves, et nous l'avons fait d'autres fois après, notamment sur quelques projets qui malheureusement ne se sont jamais montés, et aussi sur l'adaptation des *Âmes grises* qu'il a tournée en 2004. Nos caractères sont différents mais nous avons beaucoup de passions communes, et surtout, je crois que nos humeurs et nos imaginaires se complètent. J'ai beaucoup appris grâce à Yves. C'est lui qui m'a replongé dans ce monde du cinéma. Il m'a permis aussi de progresser et peu à peu d'acquérir une forme d'autonomie, je pense surtout à une autonomie du désir qui s'est concrétisée dans la réalisation d'*Il y a longtemps que je t'aime*. C'est un ami fidèle, dont l'exigence rejoint celle que j'essaie d'avoir constamment. Je lui dois beaucoup. Sans notre rencontre, et sans la confiance qu'il m'a toujours témoignée au long de ces années, ce film n'aurait jamais existé.

« Il y a longtemps que je t'aime »

scénario de Philippe Claudel

version du 28 mars 2006

Avertissement

Je n'ai pas voulu reproduire ici, comme on le fait souvent, un scénario rectifié qui tient compte des modifications opérées durant le tournage et au montage. J'ai préféré donner la dernière version du scénario, qui était celle que toute l'équipe avait dans les mains juste avant le tournage. Le lecteur pourra ainsi se rendre compte, s'il a vu le film, des changements que j'ai effectués, souvent à la dernière minute, dans les dialogues ou dans le déroulement de certaines scènes. Il pourra aussi voir ce que j'ai coupé au montage.

Les séquences du scénario sont numérotées. Lorsque les numéros ne se suivent pas, c'est que certaines d'entre elles avaient été supprimées dans des versions précédentes.

Distribution

Kristin Scott Thomas : *Juliette*
Elsa Zylberstein : *Léa*
Lise Ségur : *P'tit Lys*
Serge Hazanavicius : *Luc*
Laurent Grévill : *Michel*
Frédéric Pierrot : *Capitaine Fauré*
Jean-Claude Arnaud : *Papy Paul*
Mouss Zouheyri : *Samir*
Souad Mouchrik : *Kaïsha*
Olivier Cruvellier : *Gérard*
Nicole Dubois : *la DRH de l'hôpital*
Laurent Claret : *le directeur de l'hôpital*
Catherine Hosmalin : *la conseillère d'insertion et de probation*
Bruno Raffaelli, sociétaire de la Comédie-Française : *Dupuis*
Pascal Demolon : *l'homme du bar*
Claire Johnston : *la mère de Juliette et Léa*
Jérémie Covillaut : *Lieutenant Segral*
Marcel Ouendeno : *Bamakalé*
Gérard Barbonnet : *Monsieur Lucien*
Lily Rose : *Emélia*

1. CAFÉTÉRIA AÉROPORT. INT. JOUR
Montage alterné entre 1A et 1B :
1A : Un aéroport de province, peu fréquenté. Une cafétéria dans le hall. Quelques passants. Une seule personne assise : une femme (Juliette). Elle boit un café, regarde autour d'elle, étonnée, comme si elle découvrait un spectacle qu'elle ne connaît pas. Elle aura d'ailleurs souvent ce type de regards, tout à la fois avides et surpris, comme si elle voyait les choses, les êtres et le monde pour la première fois. Elle ne paraît pas très à l'aise dans ses vêtements. À ses pieds une valise démodée.
1B : Une jeune femme (Léa) sort précipitamment de sa voiture garée sur le parking de l'aéroport. Elle est en retard, elle court, perd ses clés, se baisse pour les ramasser, reprend sa course. On la suit caméra à l'épaule. Elle entre dans l'aérogare, et aperçoit Juliette qui est assise à une vingtaine de mètres. Elle avance lentement vers elle. Elle reprend son souffle. Elle s'arrête à moins d'un mètre derrière elle.

Juliette ne la voit pas encore. Léa, très émue, l'observe ainsi, à la dérobée, quelques secondes sans qu'elle s'en aperçoive. Puis Juliette, comme sentant une présence, se retourne.
Avant même qu'elle ait pu réagir, Léa se penche vers elle et la serre dans ses bras. Juliette paraît un peu surprise. Elle hésite un moment à enlacer Léa. Puis le fait, dans un geste un peu maladroit.

2. VOITURE. INT. JOUR
Léa au volant. Juliette à ses côtés. Elle retrousse les manches du pull qu'elle porte.

LÉA
Tu n'as pas mis ce que je t'avais envoyé ? C'était trop grand... ?

JULIETTE
Je suis bien comme ça.

LÉA
Si tu veux on pourra t'acheter d'autres choses, faire les magasins...

JULIETTE
Si tu veux...

Léa la regarde. Un silence. On sent que Juliette n'a pas une attitude normale. Elle est même assise bizarrement sur le siège de la voiture, comme si c'était la première fois.

LÉA
Le voyage s'est bien passé ?

JULIETTE
Je n'aime pas l'avion.

Regard de Léa vers Juliette.

JULIETTE
Ça fait longtemps que tu es ici ?

LÉA
Dix ans. J'y suis venue terminer mon doctorat, j'ai rencontré Luc, on s'est mariés, j'ai eu mon poste... La vie quoi !

Juliette ne répond rien. On reste un moment sur son visage.

3. MAISON LÉA. INT. JOUR
Léa entre, suivie de Juliette.

LÉA
Et voilà le palais ! Là-bas tu as la cuisine, en face le salon, dans le coin c'est le bureau de Luc, ne fais pas attention au bazar, c'est à son image, tu

apprendras à le connaître, le mien est dans le séjour, en haut c'est les chambres, je te montre la tienne ?

Juliette répond simplement d'un signe de tête et d'un léger sourire. Léa la précède dans l'escalier. Parvenue sur le palier, elle ouvre une des portes.

LÉA

Ça ira ?

JULIETTE

Oui.

LÉA

La petite porte au fond, c'est une salle de bains, pour toi seule (*elle regarde sa montre*). Oh là là, il faut que je file chercher les petites ! Je reviens dans une demi-heure, je peux te laisser ?

Juliette acquiesce. Léa s'éloigne. Elle est déjà sur le palier mais elle s'arrête, revient en arrière lentement, regarde Juliette et dit assez gravement :

LÉA

Je suis contente que tu sois là.

Léa l'embrasse et part. Juliette reste sans réaction. On entend Léa descendre rapidement l'escalier. Bruit de trousseaux de clés.

Léa (off)

Profites-en pour faire le tour de la maison !

Porte d'entrée qui claque. Juliette n'a pas bougé. Elle reste ainsi immobile un long moment.

4. MAISON LÉA. INT. JOUR

Montage de différents plans. On voit Juliette entrer ou passer dans plusieurs pièces, un salon où un chat somnole sur un fauteuil, elle le caresse. Dans d'autres pièces, elle passe sa main sur des canapés, des cadres, regarde des photographies. Dans la cuisine, elle se sert un verre d'eau qu'elle boit lentement, adossée au réfrigérateur. Elle regarde un bocal avec un poisson rouge, des goûters qui sont préparés sur la table. Des chambres, dont une chambre d'enfant. Elle referme la porte trop rapidement, comme si elle voulait ne pas voir. Une autre porte qu'elle ouvre : c'est une bibliothèque surchargée dans laquelle il y a aussi un lit une place, deux fauteuils. Dans un des deux, un vieil homme est occupé à lire. Il porte autour du cou un stylo attaché à une ficelle. Dans une poche de son peignoir on distingue un bloc de post-it.

Juliette

Excusez-moi, je ne... Je croyais qu'il n'y avait personne !

Le vieil homme lève les yeux, ne répond rien et la regarde en souriant.

JULIETTE
Je... Je suis Juliette, la sœur de Léa...

Il ne répond rien, sourit toujours.

JULIETTE
Excusez-moi encore.

Il sourit de nouveau, et retourne à sa lecture, comme s'il était indifférent à sa présence.

5. RUE DEVANT MAISON LÉA. EXT. INT. JOUR

Léa ferme la porte arrière de sa voiture. Dans ses bras, une petite fille de 2 ans (Emélia). Sur le trottoir, une autre petite fille (Clélis surnommée P'tit Lys) qui a 8 ou 9 ans. Les deux fillettes sont d'origine asiatique.

LÉA
P'tit Lys, ouvre la grille s'il te plaît, tu vois bien que j'ai Emélia dans les bras !

Elles passent la grille, pénètrent dans le petit jardin qui est devant la maison.

P'tit Lys

Tata Juliette elle va habiter pour toujours avec nous ?

Léa

Mais non chérie, quelque temps... Et sois gentille avec elle d'accord ? Elle est fatiguée, ne la saoule pas !

Elles entrent dans la maison.

Léa

Juliette ? C'est nous !

Juliette descend l'escalier. Les enfants la regardent. Dès qu'elle est tout près, P'tit Lys se précipite vers elle.

P'tit Lys

Bonjour Tata !

Juliette

Bonjour.

Juliette reste assez froide, ou maladroite, on ne sait pas trop. L'enfant se dresse sur la pointe des pieds pour l'embrasser. Juliette hésite une fraction de seconde et lui rend son baiser. La petite gazouille, répète le mot *Tata.*

LÉA

Alors mes petites princesses, Clélis, mais tout le monde l'appelle P'tit Lys, et Mademoiselle Emélia.
Tu fais un beau sourire à Juliette ma poupette !

P'TIT LYS

Tata, tu viens voir ma chambre ?

LÉA

Ne commence pas ! Filez dans la cuisine, vous allez goûter ! Tout est près sur la table, P'tit Lys occupe-toi de ta sœur, je compte sur toi ! Allez hop hop hop !
(*Les deux petites partent dans la cuisine*)
Tu as fait le tour de la maison ?

JULIETTE

Oui... J'ai... Je suis entrée dans la bibliothèque, il y avait un vieux monsieur...

LÉA

Ah je suis bête, je ne t'avais pas prévenue ! C'est le père de Luc...

P'TIT LYS (OFF, *CRIANT DE LOIN*)

Papy Paul ! Il a la tête comme du fromage blanc et puis il a perdu sa langue !

Léa

P'tit Lys ! !
Il a eu un grave accident cérébral il y a trois ans, depuis il ne parle plus... il lit tout le temps. Tu verras, il est adorable.

6. MAISON LÉA. CUISINE. INT. SOIR

C'est le dîner. Autour de la table, Léa, P'tit Lys, Juliette, Papy Paul souriant et muet, et Luc, le mari de Léa, qui a environ le même âge qu'elle. Les deux fillettes sont très excitées. Léa paraît détendue, mais on voit qu'elle en fait un peu trop. Juliette a toujours une attitude un peu étrange, comme si tout lui était inhabituel, et Luc paraît un peu coincé.

Luc

Vous étiez déjà venue en Lorraine ?

Juliette

Non, jamais.

Luc

Tout le monde croit que c'est l'Allemagne, qu'il gèle tout le temps...

P'tit Lys

Ben quoi, c'est vrai qu'il gèle !

Luc

Pas tout le temps !

Léa

Occupe-toi de ton assiette !

Juliette

Vous êtes né ici ?

Luc

Oui, mais Papa lui vient de Pologne. Il est arrivé après la guerre. N'est-ce pas Papa ?

Le vieil homme se contente de sourire de façon plus appuyée.

Léa

La mère de Luc était russe, il a épousé une Franco-Anglaise et on a nos deux petites *yellow*, une vraie famille Benetton !

P'tit Lys

Toi Maman t'as plus d'accent, mais Tata elle en a encore un peu.

Pendant que la conversation se poursuit, on voit Papy Paul qui prend un post-it de son bloc, écrit quelque chose dessus.

LÉA

C'est normal, elle a vécu en Angleterre plus longtemps que moi.

LUC

T'as pas vu la cruche ?

LÉA

Katrina l'a fait tomber, je n'ai pas eu le temps d'en racheter une autre. (*à l'adresse de Juliette*) : c'est la femme de ménage, elle vient le jeudi, tu as intérêt à planquer tes affaires, elle casse tout ! C'est pour ça qu'on l'a surnommée Katrina, en fait elle s'appelle Marie-Paule.

JULIETTE

Léa m'a dit que vous travaillez au CNRS ?

LÉA

Vous pourriez peut-être vous tutoyer tous les deux, non ?

P'TIT LYS

Papa il est lexicographe !

Papy Paul colle le post-it devant P'tit Lys. On peut y lire « Blablabla... Blablabla ». La petite fille lui fait une grimace.

Luc

Lexicographe, ça suffira. Notre unité élabore un dictionnaire interactif et intelligent, réactivable en temps réel.

Léa

Ouais, enfin, c'est vous qu'il faudrait réactiver ! Ils n'en sont qu'à la lettre C, en sept ans, même l'Académie française avance plus vite ! (*P'tit Lys colle le post-it sur le front de Papy Paul, qui sourit*) P'tit Lys ! Si tu continues, tu vas au lit comme ta sœur !

Luc

Compare ce qui est comparable...
Tiens j'y pense, il y avait un message d'un de tes étudiants sur le répondeur, un certain Bakamé ou Bamaké, je ne sais pas quoi, un problème de note dans un partiel...

Léa

Bamakalé ? C'est pas vrai, encore lui !

P'tit Lys

Pourquoi on t'a pas connue avant, Tata ?

Un grand silence se fait. Juliette ne sait pas quoi répondre. Luc anxieux regarde Léa. Seules les deux fillettes ont une attitude normale ainsi que Papy Paul, qui mange en souriant.

JULIETTE

J'étais... en voyage. Un voyage qui a duré très longtemps.

Léa enchaîne un peu trop vite. Elle présente un plat à Juliette.

LÉA

Tu en reprends ?

JULIETTE

Non merci.

LÉA

Ça ne te plaît pas ?

JULIETTE

Si c'est très bon mais...

P'TIT LYS

Et t'étais où en voyage ?

LUC (*très énervé, il hausse le ton*)

Bon ça suffit maintenant tes questions ! Tu laisses ta tante tranquille ! Tu manges !

7. CHAMBRE LÉA LUC. INT. NUIT
Luc et Léa en pyjama, sur le point de se coucher.

LUC
Tu crois qu'elle va rester combien de temps ?

LÉA
Je ne sais pas moi, le temps qu'il faudra, quelques semaines, quelques mois... Ça te gêne ?

LUC
Pour être franc, oui ça me gêne, c'est peut-être ta sœur, mais...

LÉA
Mais quoi... ?

LUC
Tu as entendu les questions de P'tit Lys ?

LÉA
Et alors ?

LUC
Le coup du voyage, ça ne va pas durer longtemps !

Léa

Ça durera ce que ça durera, on verra...

Luc

On verra ! On verra ! Tu m'amuses. Qu'est-ce que tu vas lui dire ? La vérité ?

Léa

Écoute Luc, laisse-moi tranquille. C'est notre premier soir, je viens de retrouver ma sœur. Je ne sais pas si tu comprends ce que ça veut dire pour moi. Je viens de *la retrouver*.

Luc

Mais tu la connais à peine ! C'est pas parce que tu es allée la voir quelques heures ces derniers mois... Tu étais encore une ado quand elle a...

Léa

Tais-toi !

Luc

Je me tais. Je me tais...
(*Un silence*)
Mais pense aussi à nous s'il te plaît.

8. CHAMBRE JULIETTE. INT. NUIT

Juliette près de la fenêtre. On distingue vaguement un jardin au-dehors. Elle n'a pas quitté les vêtements que lui a prêtés Léa. Elle vient sur le lit. Elle s'assied tout au bord, comme si elle allait rester ainsi toute la nuit, sans se coucher.

FONDU AU NOIR

9. CUISINE. INT. JOUR

Un vent de panique joyeuse. Effervescence dans la cuisine. Les fillettes achèvent de déjeuner. Léa papillonne. On sent que c'est habituel. Papy Paul en pyjama boit son café en souriant. Juliette observe tout cela, debout, appuyée contre un mur, une tasse de thé à la main.

LÉA

Allez les filles, vite, vite, on va être en retard !

P'TIT LYS

Comme d'hab...

LÉA

Emélia qu'est-ce que tu fais ? Mais qu'est-ce que tu fais ? Oh non c'est pas vrai !

La petite Emélia a barbouillé sa robe avec du yaourt.

LÉA

Il faut que je te change maintenant !
P'tit Lys tu te dépêches de finir !

Léa quitte la cuisine avec Emélia dans ses bras. Papy Paul s'en va également. Juliette reste seule avec P'tit Lys.

P'TIT LYS

Salut Papy !
...
Tu manges jamais au petit-déjeuner ?

JULIETTE

Ça dépend des jours.

P'TIT LYS

Moi, j'ai jamais faim... depuis que j'suis
toute petite ! Maman, ça la fait râler !...
Tu m'as connue toute petite, toi ?

JULIETTE (*qui acquiesce*)

Humm.

P'TIT LYS

Quand Papa et Maman sont allés m'chercher au Viêt-Nam ?

JULIETTE

Bien sûr.

P'TIT LYS

J'te crois pas : t'as ton nez qui s'allonge...
Papoune !

Luc vient d'entrer dans la cuisine. P'tit Lys lui saute au cou.

LUC (*se forçant*)

Bonjour Juliette, bien dormi... ?

10. VOITURE GRILLE D'ÉCOLE. EXT. JOUR

Léa et P'tit Lys sortent de voiture. Des mères et des enfants passent. Léa se penche vers Juliette qui est assise à la place du passager.

LÉA

Tu ne viens pas ?

JULIETTE

Je t'attends ici.

P'TIT LYS

Au revoir Tata !

Juliette, qui semble oppressée, ne répond pas.
P'tit Lys et Léa s'éloignent.

LÉA

Je t'ai mis de nouveaux tickets de cantine.

P'TIT LYS

J'ai vu !

LÉA

Tes affaires de gym sont dans le sac. Et tu fais bien attention à ne rien perdre aujourd'hui !

P'TIT LYS

Maman ?

LÉA

Quoi ?

P'TIT LYS

Elle est un peu bizarre Tata, non ?

LÉA

Pourquoi tu dis ça ?

P'TIT LYS

Je sais pas. Elle dit presque rien.

LÉA

Laisse-lui le temps de s'adapter, hein ? Allez file !

Elles s'embrassent. P'tit Lys s'éloigne.

LÉA

Et demande à Madame Rouillé si quelqu'un n'a pas retrouvé ton béret rose !

11. VOITURE LÉA. INT. JOUR

Juliette assise à la place du passager. On aperçoit le visage de Léa au-dehors, qui se penche vers elle. Juliette continue à regarder fixement devant elle, en respirant amplement. Léa fait le tour du véhicule et s'assied derrière le volant.

LÉA

Ça va ?

Juliette répond oui de la tête, plusieurs fois, toujours en respirant fortement.

LÉA

Sûr ?

JULIETTE

Oui.

Léa démarre. Elle roule un moment sans qu'aucune d'elles ne parle.

LÉA

Le commissariat est tout près de la fac. J'ai deux heures de cours. On peut se retrouver après si tu veux ? Il y a un bistro assez sympa juste en face.

JULIETTE

D'accord.

LÉA

Tu sais ce qu'ils te veulent au commissariat ?

JULIETTE

Il faut que je m'y présente régulièrement.

Un silence.

LÉA

Tu ne voyais personne là-bas... Je veux dire, personne ne venait te voir... ?

JULIETTE

Des visiteuses, au début.

LÉA

...

Tu m'en veux ?

Juliette

De quoi ?

Léa

De n'être jamais venue.

Juliette hausse les épaules.

Léa

Je t'ai écrit au début.

Juliette

Je n'ai jamais rien reçu.

Léa

Et puis un soir, Papa m'a vue. Maman et lui m'ont engueulée comme jamais. Ils m'ont interdit de recommencer.
Ils m'ont dit que tu... n'existais plus.
J'étais encore une gamine tu sais.

Juliette

Je voulais te dire...

Léa

Quoi ?

Juliette

Ce sont les services sociaux qui ont eu l'idée de te contacter il y a deux mois, pas moi. Moi, je n'ai rien demandé. À personne.

LÉA

Ils ont bien fait.

Un silence.

LÉA

Ils ont bien fait.

12. COMMISSARIAT. SALLE D'ATTENTE. INT. JOUR

Juliette attend assise sur une banquette. À ses côtés, une vieille dame. Un temps. La vieille dame regarde Juliette. Lui sourit. Juliette lui rend son sourire. De nouveau un temps. La vieille dame la regarde de nouveau.

LA VIEILLE DAME

Vous venez aussi pour un vol ?

JULIETTE

Non.

LA VIEILLE DAME

Moi ils m'ont tout pris, tout. Je n'ai plus rien, plus rien.

À ce moment, un homme arrive. C'est le capitaine Fauré. Il a le même âge que Juliette.

LE CAPITAINE

Madame Juliette Fontaine ?

JULIETTE

Oui.

LE CAPITAINE

Capitaine Fauré. Vous voulez bien me suivre, s'il vous plaît ?

13. COMMISSARIAT. BUREAU INSPECTEUR. INT. JOUR

Juliette assise en face du capitaine qui achève de consulter un dossier. Il tourne les pages, la regarde, se replonge dans le dossier, la regarde de nouveau, un peu interrogateur, pas du tout méprisant ni hostile, presque sympathique. Il referme le dossier.

LE CAPITAINE

Je vois que vous êtes médecin ?

JULIETTE

Je ne le suis plus depuis longtemps. J'ai été radiée de l'Ordre.

LE CAPITAINE

Ouais enfin, quand on est médecin, on le reste, non ? Radiée ou pas. C'est comme moi. Flic, on l'est pour la vie... Vous avez un joli nom. Moi j'ai un nom que je n'aime pas. *Fontaine*, c'est beau... J'ai toujours bien aimé l'eau, les rivières, les fleuves, l'Orénoque... Vous connaissez l'Orénoque ? Non ?

JULIETTE

Non.

Il montre avec son stylo un poster encadré qui est derrière lui et sur lequel on voit une grande étendue d'eau, assez peu identifiable.

LE CAPITAINE

Fontaine... Mais on les supprime maintenant les fontaines, les mairies les ferment, même dans les petits villages, vous avez remarqué ? Ah ben non puisque... Ben on les transforme, on y met de la terre, des fleurs, des saloperies de géraniums, à croire que les gens se plaignent du bruit de l'eau...
Je ne vais pas vous embêter, vous savez... La loi veut qu'on se voie, on se verra, mais je ne vous embêterai pas. Vous avez un travail ?

JULIETTE

Pas encore. Je vais chercher.

LE CAPITAINE

Un toit ?

LÉA

Je suis chez ma sœur.

LE CAPITAINE

C'est bien...
Important la famille... Vous avez de la chance.
Moi je... La solitude c'est pas bon, l'homme n'est pas fait pour ça... Bon, je ne vais pas vous raconter ma vie !

Il se lève. Va vers la porte.

LE CAPITAINE

À dans quinze jours ?

JULIETTE

D'accord. Au revoir.

LE CAPITAINE

Au revoir.

14. FAC. COULOIR. ESCALIER. SALLE DES PROFESSEURS. PARKING. INT. EXT.

Léa marche sous un auvent. Des étudiants discutent çà et là. Elle croise une collègue qu'elle salue. Elle arrive près de la salle des professeurs. Elle y entre, se dirige vers son casier, prend son courrier, fait le tri, jette à la poubelle certains papiers, ouvre une lettre qu'elle parcourt, une autre qui lui fait lever les yeux au ciel.

LÉA

Oh encore lui, mais c'est pas vrai !

Un homme (Michel) arrive près de Léa et lui murmure à l'oreille.

MICHEL

Un de tes nombreux amants...

Sans se retourner et tout en continuant à lire la lettre.

LÉA

Tu parles, c'est Bamakalé !

MICHEL

Ah ! Prosper Napoléon Bamakalé, descendant d'une antique famille togolaise, fils de prince de sang royal, inscrit pour la troisième fois en première année !

Léa

Il commence à me plaire, j'ai beau lui expliquer que ce n'est pas une erreur, il ne comprend pas !

Michel

Tu ne m'apprends rien, je me le suis tapé toute l'année dernière. Tu t'en vas ?

Léa

Oui, j'ai fini.

Michel

Je sors aussi. Je t'accompagne.

Tout en sortant de la salle et en se dirigeant vers le parking, ils continuent à discuter.

Michel

Tu as fini tes corrections de partiel ?

Léa

Presque, il doit me rester une dizaine de copies.

Michel

T'as du bol, moi je n'ai même pas commencé, lorsque je vois la pile sur mon bureau, je suis anéanti...

LÉA

Tu ferais bien de te magner quand même, la présidence veut qu'on ait rentré les notes pour le 18.

MICHEL

La présidence... La présidence !
Tu t'es décidée finalement pour le colloque dont je t'ai parlé ?

LÉA

On verra. (*elle aperçoit Juliette près de la voiture*) Tiens, tu es déjà là ? Je croyais qu'on se retrouvait au café.

JULIETTE

Ça n'a pas été long.

LÉA

Michel, je te présente Juliette, ma sœur.
Juliette, Michel, un collègue.

MICHEL

Bonjour... Mais tu m'avais caché que tu avais une sœur, et en plus une très jolie sœur...

LÉA

Ne fais pas attention, Michel est LE spécialiste de la correspondance

amoureuse du XVIe siècle à nos jours, ça déteint un peu sur lui.
Vendredi en dix, tu es libre ?

MICHEL

Pourquoi ?

LÉA

Un dîner à la maison, avec Samir et Kaïsha.

MICHEL

Écoute, ça devrait être possible, je te confirmerai.

LÉA

Allez salut, pense à tes copies !

MICHEL

Au revoir Juliette.

JULIETTE

Au revoir.

LÉA

Viens, on va faire les magasins.

15. UN SALON DE THÉ. INT. JOUR
Juliette et Léa attablées. Devant elle des tasses de thé, des assiettes avec des pâtisseries. À leurs pieds et sur la banquette, différents sacs de magasins desquels sortent des vêtements.

LÉA

C'est bon ?

JULIETTE (*qui acquiesce*)

Tu te souviens de chez Bouchard à Rouen ?

LÉA

Non.

JULIETTE

Ça ressemblait un peu à ici. Je t'y emmenais le mercredi après ton cours de danse...

LÉA

Le cours de la mère Stabush ?

JULIETTE

Oui, la grosse mère Stabush...

LÉA

Elle n'arrivait même plus à se dresser sur ses pointes. Je me souviens de sa moustache aussi !

On avait un peu les pétoches devant elle...

JULIETTE

Moi je sortais de la fac, et on se faisait un goûter entre filles, chez Bouchard, tu voulais toujours une religieuse...

LÉA (*qui se trouble*)

Je ne m'en souviens pas...

JULIETTE

Tu devais avoir sept ou huit ans, il y avait plein de vieilles femmes autour de nous...

LÉA (*disant cela de façon de plus en plus tragique*)

Pourquoi je ne m'en souviens pas...

JULIETTE

Tu étais très fière, tu faisais la petite dame en mangeant ton gâteau...

LÉA (*les yeux embués*)

Je ne m'en souviens même pas...

Juliette se rend soudain compte de l'état dans lequel est Léa.

JULIETTE

Je t'en prie, arrête... C'est normal, tu étais toute petite...

16. MAISON LÉA. CHAMBRE P'TIT LYS ET EMÉLIA. INT. SOIR

Nous sommes dans la chambre. La porte s'ouvre. Entrent P'tit Lys et Juliette, suivie de Emélia.

P'TIT LYS

(*à l'adresse d'Emélia*) Non, toi tu entres pas ! T'auras qu'à lui montrer ton coin après !

(*elle ferme la porte*) Ah les petites sœurs ! C'est pas toujours simple !

Elle t'embêtait pas maman quand elle était petite ?

JULIETTE

Non, ça allait.

P'TIT LYS

Maman, c'est ta vraie sœur ?

JULIETTE

Bien sûr.

P'TIT LYS

T'es aussi la fille de Mémé Lizbeth ?

JULIETTE

Oui.

P'TIT LYS

Tiens, ça c'est le cimetière des poupées ! (*elle ouvre une valise où sont entassées une douzaine de poupées*) J'aime pas les poupées, alors quand on m'en offre une, je l'enterre tout de suite... Là, mon ordi, je regarde des DVD dessus, je tape des exposés... Ça c'est ce que j'avais fait pour la fête des mères, mais Katrina elle l'a cassé, elle dit que c'est pas elle, mais elle est menteuse ! Là il y a mes livres...

LÉA (OFF)

C'est prêt ! On dîne !

JULIETTE

Tu lis beaucoup ?

Juliette passe ses doigts sur les livres, s'attarde sur l'exemplaire des *Petites filles modèles*.

P'TIT LYS

Moins que Papy Paul, mais pas mal oui. Tu veux voir mon carnet secret ? Enfin, il est pas tellement secret parce que je le laisse traîner partout et tout le monde le regarde, j'écris des poèmes dedans, je t'en lis un ?

JULIETTE (*qui soudain s'est raidie*)
Non.

P'TIT LYS
Oh, s'il te plaît, juste un petit, Tata !

JULIETTE
J'ai dit non ! !

Elle a dit cela d'une voix forte et cassante. La fillette ne comprend pas et la regarde très étonnée. Juliette quitte la pièce très vite.

17. MAISON LÉA. SALON. INT. JOUR

Juliette est avec une jeune femme ronde, très souriante (l'éducatrice). Elles sont assises en vis-à-vis sur deux canapés séparés par une table basse.

L'ÉDUCATRICE
Vous avez de la chance, vous avez votre sœur, la famille, une maison.

Juliette acquiesce avec un sourire

L'ÉDUCATRICE
Non mais c'est vrai, la plupart de celles ou de ceux qui sortent n'ont rien, elles ne savent pas où aller, plus personne ne veut les voir, les conjoints ont presque

toujours demandé et obtenu le divorce...

JULIETTE

C'était fait avant.

L'ÉDUCATRICE

Oui, j'ai vu dans votre dossier...
Bon ! Les formations que vous avez faites en Centrale, c'est bien. Des secrétaires on en a toujours besoin. Vous êtes à jour en informatique ?

JULIETTE

Oui, oui je crois.

L'ÉDUCATRICE

Alors ça devrait aller. Je vous ai obtenu un premier rendez-vous dans cette entreprise. (*elle lui tend une carte*) Ils cherchent quelqu'un. Vous demandez Monsieur Dupuis, il est au courant.
On se verra régulièrement, mais si vous avez des questions, un problème, quoi que ce soit, n'hésitez pas à m'appeler au bureau.

JULIETTE

D'accord.

L'ÉDUCATRICE

Je vous laisse, parce que vous n'êtes pas toute seule... Et nous ne sommes que deux dans le service !
C'est joli chez votre sœur !

Elles se lèvent. Juliette la raccompagne. Elles se disent au revoir. On voit Léa se garer et sortir de sa voiture. Elle croise l'éducatrice lorsque celle-ci franchit la grille. Elles se saluent. Léa entre dans la maison.

LÉA

C'est elle l'éducatrice ?

JULIETTE

Oui.

LÉA

Elle a l'air sympa !

JULIETTE

Ah oui, très... Les gens qui sont chargés de fouiller dans ta vie ont toujours l'air sympa...

Léa regarde intriguée sa sœur, pose son sac, paraît réfléchir.

LÉA

C'est vrai ce que tu dis... On a eu ça aussi nous, Luc et moi, pour l'adoption... des visites et des visites, assistantes sociales, psychologues, il y a même eu un con de médecin assermenté qui a fait marcher Luc en slip, les bras tendus, en long et en large dans son cabinet. J'ai cru que Luc allait lui sauter à la gorge. Il n'a pas trop bien vécu tout ça, ces enquêtes, cette inquisition... On se fait un thé ?

18. MAISON LÉA. CUISINE. INT. JOUR

Léa prépare un thé. Juliette est debout près d'elle. Sur la table, on aperçoit un post-it de Papy Paul sur lequel on lit « Dodo dodo, l'enfant do... »

LÉA

Ça a mis deux ans à peu près pour P'tit Lys, et un peu moins pour Emélia... La première fois, on est allés ensemble au Viêt-Nam, durant trois mois. On est vraiment tombés amoureux du pays, on serait bien restés plus longtemps. On a eu P'tit Lys avec nous presque tout de suite à l'hôtel, mais le temps de faire les papiers, les formalités, etc., ça traîne...

MARIE-PAULE (OFF ET LOINTAIN)
Madame ?

LÉA
Oui Marie-Paule ?

MARIE-PAULE (OFF)
Je fais les vitres ?

LÉA
Non ! Non ! Nettoyez plutôt les portes de placard s'il vous plaît !

JULIETTE
Elle avait quel âge P'tit Lys ?

LÉA
Deux ans, mais tu lui en aurais donné moitié moins.

JULIETTE
Tu as rencontré sa mère ?

LÉA
Non. Mais j'ai toutes ses coordonnées si jamais elle veut le faire un jour. C'était important pour nous. On n'avait pas envie qu'elle se heurte à un mur plus tard. Par contre pour Emélia... ça n'a pas été possible, on ne sait rien. Elle ne pourra jamais savoir...

JULIETTE

Peut-être que c'est mieux parfois de ne rien savoir.

Léa ne comprend pas les propos de Juliette. Elle la regarde bizarrement. Un silence.

JULIETTE

C'est toi ou Luc qui ne pouvait pas avoir d'enfant ?

Léa

Ni lui ni moi. On peut tous les deux avoir des enfants.

...

Je ne voulais pas d'un enfant de mon ventre.

JULIETTE

À cause de moi ?

LÉA

...

JULIETTE

À cause de ce que j'ai fait ?

Un silence.

LÉA

Je n'ai pas cherché à comprendre.

19. UN BUREAU. INT. JOUR

Un homme (Dupuis), la cinquantaine, très sûr de lui, derrière un bureau. Face à lui, Juliette. Il est au téléphone.

DUPUIS

... Oui... Oui... Et alors ? C'est pas mon problème... On vous paie pour nous livrer une marchandise, vous nous la livrez un point c'est tout ! Bonsoir !

Il raccroche. Regarde longuement Juliette.

DUPUIS

Bon, à nous... Je vais pas y aller par quatre chemins... Moi, je suis pas une œuvre de bienfaisance, je veux des employés compétents et qui travaillent, le reste, c'est pas mon problème. Madame... comment elle s'appelle déjà, Balboukian ?

JULIETTE

Oui c'est ça.

Dupuis

Elle m'a dit que vous maîtrisiez parfaitement Excel, la PAO et tout le tralala. C'est vrai ?

Juliette

J'ai un bon niveau.

Dupuis

Il paraît que vous êtes à moitié anglaise ?

Juliette

Oui, et je parle espagnol également.

Dupuis

L'espagnol on s'en fout, mais l'anglais, on a souvent des clients là-bas, il y a toujours tout un tas de papiers à traduire...

On frappe à la porte. Elle s'ouvre immédiatement. Le visage d'une femme (Brigitte) apparaît.

Brigitte

Monsieur Dupuis, il y a Raymond qui...

Dupuis (*qui la coupe*)

Plus tard !

La porte se referme très vite. Le visage disparaît.

DUPUIS

Vous avez passé combien de temps en prison ?

JULIETTE

Quinze ans.

DUPUIS

Quinze ans ! ? Mais c'est pas ce qu'on m'a...
Ben dis donc ! Vous avez dû faire une sacrée connerie !

JULIETTE

...

DUPUIS

Vous avez fait quoi ?

JULIETTE

...

DUPUIS

Vous avez fait quoi ? Vous avez tué quelqu'un pour en avoir pris autant. C'est ça ?

JULIETTE

Oui.

DUPUIS

Qui ? Votre mari ? Un amant ? Une autre bonne femme ?

JULIETTE

...

DUPUIS

Et je vous parle hein ? Vous avez tué qui ?

JULIETTE

Mon fils. Mon fils de six ans.

Dupuis blêmit, comme s'il s'était pris une énorme gifle. Il lâche le crayon qu'il triturait, se recule dans son fauteuil. Un silence. Il se lève lentement.

DUPUIS (*d'une voix blanche, et presque imperceptible*)

Foutez-moi le camp...
Vous m'entendez ? Foutez-moi le camp !

20. UN CAFÉ. INT. JOUR

Juliette assise dans un bar pas très grand. Elle est près de la fenêtre, et regarde tout à la fois dehors et dedans. Au zinc, un homme pas mal mais qui le sait, un peu vulgaire aussi, parle avec un autre gars et la serveuse. On ne saisit pas leur conversation. Parfois seulement des rires. Juliette regarde plusieurs fois vers eux lorsque les rires sont plus forts. Le type finit par s'en apercevoir, et la regarde aussi tout en continuant à parler aux deux autres. Puis au bout d'un moment, il se dirige vers Juliette. Et sans lui demander quoi que ce soit, il s'assied en face d'elle.

L'HOMME

Vous voulez mon portrait ?

Juliette ne répond rien.

L'HOMME

On s'est déjà vus ?

JULIETTE

Je ne crois pas.

L'HOMME

Qu'est-ce que vous me voulez alors ?

JULIETTE

Rien. Je ne vous regardais pas spécialement.

L'HOMME

Mon œil oui ! Vous n'arrêtez pas de me reluquer. Vous cherchez un mec ou quoi ?

Juliette sourit, comme si cette dernière remarque l'amusait. Elle se met alors à le regarder, comme si elle le soupesait.

21. CHAMBRE D'HÔTEL. INT. JOUR

Juliette, songeuse, au lit. Couverture remontée jusqu'aux épaules. L'homme sort de la salle de bains et se rhabille.

L'HOMME

Alors, ça t'a plu ?

Juliette le regarde longuement, avant de répondre.

JULIETTE

Non. Pas du tout. Mais ce n'est pas grave.

L'homme semble très vexé. Il marmonne quelque chose d'indistinct, prend sa veste et claque la porte. On reste un moment sur Juliette, qui n'a pas bougé.

22. PARC DE LA PÉPINIÈRE. EXT. JOUR

P'tit Lys tourbillonne sur elle-même, bras tendus. Sa jupe ressemble à la corolle d'une grande fleur. La caméra est au-dessus d'elle, puis elle arrête de tourner et se met à courir. La caméra la suit jusqu'à un banc sur lequel sont assises Juliette et Léa, qui discutent. Emélia est sur les genoux de sa mère.

Montage de différents plans dans le parc. Juliette et Léa marchant, les petites courant autour d'elles. Léa achetant des glaces et des gaufres. Juliette, Léa et les enfants dans une autre allée. P'tit Lys essuie Emélia qui est barbouillée de glace.
On arrive près des cages des animaux.

P'TIT LYS

Tata, viens voir, c'est les singes ! Des fois ils crachent sur les gens !

Elles s'arrêtent toutes les quatre devant la cage aux singes. P'tit Lys et Emélia leur font des grimaces.

P'TIT LYS

C'est pas juste qu'ils soient prisonniers ! Ils n'ont rien fait eux ! Les prisons c'est pour les gens méchants, pas pour les animaux ! Hein Maman ? Hein Tata ?

Léa attrape P'tit Lys par l'épaule.

LÉA

On y va !

P'TIT LYS

Ben qu'est-ce que j'ai fait ?

Léa

Rien, allez file avec ta sœur ! Il est l'heure de rentrer !

Les deux enfants se remettent à courir devant.

Juliette

Ne sois pas ridicule...

Léa ne répond rien. Elles marchent. Un silence.

Juliette

Tu crois qu'on peut gommer comme ça quinze ans d'une vie ? Simplement en posant un silence dessus ? Qu'est-ce que tu imagines, que j'ai dormi pendant tout ce temps, comme dans les contes ? Et puis un matin, hop, il y a eu la bonne fée Léa et je me suis réveillée ? Ça t'arrange bien de ne regarder que devant toi !

23. CHAMBRE LÉA LUC. INT. NUIT

Léa au lit, en train de lire. Luc assis sur le bord, avec une petite radio qui diffuse les résultats d'une journée du championnat de football.

La radio

Auxerre bat Sochaux 3 à 2, Lens Lille égalité dans le derby nordiste 2 partout,

Monaco s'incline à Bordeaux sur le score de 2 à 1, Saint-Étienne a battu Marseille 3 à 0, le PSG a été défait par Nancy sur son propre terrain 3 buts à 1...

LUC

Ahahah, dans le cul le PSG ! Dans le cul ! Ahahaha ! Dans le cul !

Il éteint la radio.

LUC

Qu'est-ce que tu fais ?

LÉA

Tu le vois bien, j'épluche des pommes de terre.

LUC

Oh très drôle...
La vache 3 à 1 ! (*il se frotte les mains*) La gueule qu'il doit faire Michel !

Luc s'étend sur le lit. Il regarde le plafond.

LUC

Elles dorment les zézettes ?

LÉA

Avec tout ce qu'elles ont couru, elles étaient cuites à sept heures.

Luc
Et ta sœur... ?

Léa
Quoi ma sœur ? Si elle dort ?

Luc
Non... Mais qu'est-ce que... Je ne sais pas moi, vous vous parlez...

Léa
Oui. Oui, on parle...

Luc
Tu lui as demandé... ?

Léa
Quoi ?

Luc
Ben pourquoi... Pourquoi elle avait fait ça... ?

Léa (*ahurie*)
T'es pas bien, non ! ?

Luc
Qu'est-ce que vous vous dites alors... ?

Léa
Écoute, ça te regarde pas ! Des histoires de sœur !

Luc
Arrête de te fiche de moi !

Léa
Mais je me fiche pas de toi !

Luc
Mais tu me dis rien !

Léa
Qu'est-ce que tu veux que je te dise ? Tout ça prend du temps, c'est pas facile... Ma sœur, mes parents l'ont fait mourir dans ma tête, et puis là, elle me revient... C'est comme une seconde naissance pour elle... Et pour moi... Ce qui s'est passé avant c'est...
Oh puis laisse-moi dormir maintenant ! (*elle pose son livre, éteint sa lampe de chevet, et se retourne*)

24. MAISON LÉA. SÉJOUR. INT. SOIR

Le repas se termine. On en est au dessert. Autour de la table, Léa, Luc, Papy Paul, Michel, un couple : Samir et sa femme Kaïsha, plus jeune que lui, enceinte, Juliette. Sur les canapés, on voit P'tit Lys et Emélia, endormies tout habillées. L'ambiance est très joyeuse. Toute la conversation se fait sur le mode de la plaisanterie. Les visages sont épanouis. Juliette, assise à côté de Michel, semble aussi assez détendue, même si elle est un peu sur la réserve. Tout comme Luc, qui la regarde parfois avec crainte. Le début de la conversation se fait en off, le temps que la caméra s'avance, passe près des enfants endormies, arrive près de la table.

MICHEL (OFF)

D'ailleurs tu sais bien que ton père est absolument d'accord avec moi, n'est-ce pas Papy Paul ?

LUC (OFF)

Tu rigoles non, il n'y a pas plus grand supporter de Nancy que Papa ! Hein Papa ? (*il s'empare assez vivement d'un grand saladier*)

LÉA

Attention avec le saladier ! Je l'ai recollé mais je ne garantis rien !

MICHEL

Katrina ?

Léa opine.

SAMIR

Le vrai scandale, c'est que tu vives en Lorraine depuis des années et que tu soutiennes une équipe aux trois quarts brésilienne...

MICHEL

Aux trois quarts ! ? Il y a seulement deux Brésiliens au PSG ! Tu racontes n'importe quoi ! Et puis tu vas ennuyer Juliette !

JULIETTE

Pas du tout, j'adore le foot. J'ai même joué dans une équipe entre 15 et 18 ans.

LÉA

C'est pas vrai ?

JULIETTE

Ben si, tu t'en souviens pas !

MICHEL

Une femme parfaite ! Belle, intelligente, et en plus qui aime le football !

JULIETTE

Oui, mais ce que je n'aime pas, ce sont les supporters...

Samir
Et pan dans tes dents !

Michel
Euh s'il te plaît mon Samir, ce n'est pas un chirurgien afghan payé par Al Qaïda pour massacrer à tour de bras dans les hôpitaux français qui va se moquer de moi !

Depuis quelques instants Papy Paul était occupé à écrire sur un de ses post-it. Il a terminé et le colle sur une bouteille. On y lit « Coup de boule ! » Léa le découvre et en fait une boulette.

Léa
Oh non Papy, on ne va pas recommencer avec ça !

Luc
Tu viens jouer dimanche matin ?

Kaïsha
Ça m'étonnerait ! Monsieur a dit tout à l'heure qu'il avait des copies à corriger !

Samir
Mais ça fait trois semaines que tu ne viens pas !

Michel

Ben oui, ça fait trois semaines que j'ai deux cents copies qui attendent sur mon bureau, c'est pas toi qui vas me les corriger !

Juliette

Vous jouez tous ensemble ?

À partir de ce moment, la caméra va isoler Michel et Juliette. On entendra seulement en fond sonore la conversation des autres, sans la comprendre.

Michel

Oui, on essaie. On nous prête un petit terrain. Quelquefois, on se retrouve à dix, quelquefois on est quarante, vous imaginez ce que ça donne... Il faut venir nous voir un jour...

Juliette

Pourquoi pas...

Michel

Vous vous plaisez à Nancy ?

Juliette (*qui acquiesce*)

Humm. C'est nouveau pour moi.

MICHEL

Léa m'a dit que vous avez habité dans le Sud pendant des années ?

JULIETTE

Oui, c'est vrai.

MICHEL

À quel endroit ?

JULIETTE

Carcassonne.

MICHEL

Ah oui, c'est assez joli, ces coins-là, la Montagne noire, Toulouse pas très loin...

JULIETTE

Et vous, vous étiez parisien ?

MICHEL

Oui, mais Paris me fatiguait... J'essaie d'y aller le moins possible... Je me plais bien ici, bon c'est sûr il faut supporter quelques australopithèques dans leur genre, mais ça va quand même...

Ils se taisent et se sourient.

25. MAISON LÉA. BIBLIOTHÈQUE. INT. JOUR

Juliette entre doucement dans la bibliothèque de Papy Paul. Il est dans son fauteuil habituel, il lit comme d'habitude, et lui sourit quand il l'aperçoit.

JULIETTE

Je peux rester un peu avec vous... ?

Elle s'assied sur le fauteuil en face de lui. Il replonge dans son livre. Après un temps, Juliette se met à parler, il la regarde en souriant.

JULIETTE

Là où j'étais, je mettais toujours quelques livres, près de mon oreiller... Je sentais leur présence, dans la nuit, quand je me retournais, ça me rassurait...

Elle se penche vers lui pour lire le titre : *Sylvie* de Nerval.

JULIETTE

Qu'est-ce que j'ai pu le lire celui-là... Ce n'est pas vraiment un livre d'ailleurs, c'est plutôt comme un rêve. Les fantômes y sont tellement doux...

26. COMMISSARIAT. BUREAU INSPECTEUR. INT. JOUR

Juliette assise. L'inspecteur, debout, essaye de faire fonctionner une machine à café récalcitrante. Tout au long de la séquence, il va s'empêtrer, se brûler, renverser le marc de café sur son pantalon, etc.

L'INSPECTEUR

En semaine, je me fais des boîtes, surtout « saucisses lentilles » et « Bœuf à l'estouffade », au bain-marie, je ne sais pas cuisiner de toute façon, et puis, ça ne m'intéresse pas, je mange devant la télé. Le week-end, un peu de légumes frais quand même, c'est mon médecin qui m'a convaincu, vous êtes d'accord avec lui... ?

JULIETTE

Il a raison, vous ne pouvez pas manger tout le temps des conserves.

L'INSPECTEUR

Si vous le dites... Et les œufs, j'y ai droit ?

JULIETTE

Oui, mais pas tous les jours non plus.

L'INSPECTEUR

Non, non ! C'est le dimanche souvent que je me fais des œufs, au plat ou à la coque... ça me rappelle quand j'étais gamin... Et puis je mange ça, toujours devant la télévision. Du sucre ?

JULIETTE

Un s'il vous plaît.

L'INSPECTEUR

Vous la regardez, vous ?

JULIETTE

Non. Ça ne m'intéresse pas.

L'INSPECTEUR

Et en prison, vous la regardiez ?

JULIETTE

Non plus.

L'INSPECTEUR

Ah... Je croyais que tout le monde la regardait en prison...

JULIETTE (*un peu moqueuse*)

Il ne faut pas toujours croire ce que disent les gens, Capitaine ! Vous auriez une cuillère ?

L'INSPECTEUR

Oui, oui. Pardon.
Moi je me force... C'est presque comme une punition...

JULIETTE

Une punition... ?

L'INSPECTEUR

Une laideur dans tout ça, une de ces laideurs... Un gros tas d'ordures, qui serait changé chaque soir, et qu'on vous livre chez vous... Et chaque soir, le tas est plus gros, et plus dégueulasse encore que la veille... Je me prends ça en pleine poire...
...
Et vous, ça va en ce moment ?

27. FAC. COULOIR. SALLE. INT. JOUR

Juliette attend dans un couloir, près d'une porte. Celle-ci ne tarde pas à s'ouvrir. Des étudiants sortent.
Juliette se risque dans la salle. Sur l'estrade, Léa rassemble ses affaires, tout en parlant avec un étudiant noir, habillé d'un costume cravate.

LÉA

Écoutez, nous vérifierons quand ce sera possible Monsieur Bamakalé, mais je ne vois pas pourquoi l'ordinateur aurait fait une erreur...

BAMAKALÉ

C'est déjà arrivé deux fois l'année précédente, Madame, et cela tombe toujours sur moi !

LÉA

De toute façon, le serveur est bloqué pour l'instant, soyez patient, et arrêtez de m'envoyer un courrier tous les deux jours. (*elle aperçoit Juliette*) Maintenant veuillez m'excuser, j'ai rendez-vous avec Madame !

Léa se dirige vers Juliette.

LÉA

Ah tu me sauves ! Viens sortons...
Je croyais que tu rentrais directement à la maison ?

JULIETTE

Je voulais te parler.

28. UN CAFÉ. INT. JOUR
Juliette et Léa, attablées.

Léa

Il faisait une petite hémorragie intestinale en fait, rien de vraiment grave, mais ils l'ont tout de même gardé... les examens ont montré qu'il y avait des métastases partout. Il est mort deux mois plus tard.

Juliette

Quand exactement ?

Léa

Le 4 mars 1999. Quand on a su qu'il était fichu, j'ai voulu te faire prévenir. On a eu une violente engueulade avec maman, et puis elle le lui a répété... Il m'a fait jurer de ne jamais t'avertir... Il pleurait, sa voix était comme un souffle, il avait des tuyaux partout, il ne pesait plus que 42 kilos... J'ai pleuré aussi. J'ai promis. Excuse-moi...

Un silence.

Léa

Tu pensais à nous... là-bas ?

Juliette

Là-bas ? C'est trop joli de dire *là-bas*, c'est trop facile... *Là-bas*, ça s'appelle la prison. (*elle s'emporte pour la première*

fois) Tu sais ce que c'est une prison ? Les heures et les jours dans une prison ? Les années ? Le monde au-dehors, qui passe sans toi, qui roule sans toi, qui vit sans toi ? Toujours sans toi ?
(*Elle se calme. Un silence que Léa, gênée, n'ose pas rompre*)
Elle est encore à Beaufans ?

LÉA

Maman ? Non... J'ai été obligée de la placer.
Je l'ai fait venir. Quatre ans après la mort de papa, elle a commencé à perdre la mémoire, des petits riens... Aujourd'hui, elle ne reconnaît plus personne. Quand je vais la voir, elle me prend pour une infirmière, une voisine, ça dépend...

JULIETTE

Ils ne parlaient jamais de moi ?

Léa fait non de la tête.

JULIETTE

Aux autres, qu'est-ce qu'ils disaient ?

LÉA

Ceux qui nous connaissaient depuis longtemps savaient qu'il ne fallait pas parler de toi... Les nouveaux amis croyaient que j'étais fille unique...

JULIETTE
Ils le croyaient ou on leur disait ?

LÉA
... On leur disait.

JULIETTE
Qui ? Les parents ?

LÉA
Oui.

JULIETTE
Toi aussi ?

Elle ne répond pas. Des larmes lui viennent aux yeux.

LÉA
Ils m'ont tellement bourré le crâne.

Juliette ne répond pas. Elle regarde autour d'elle, le lieu, les autres clientes.

JULIETTE (*changeant de ton*)
J'ai couché avec un homme la semaine dernière.

Léa

Tu as quoi ?

Juliette (*en souriant*)

Couché avec un homme.

Léa passe des larmes au rire.

Léa

Mais qui ? Où ?

Juliette

Un type, dans un café, on est allés à l'hôtel.

Léa

Comme ça ?

Juliette

Comme ça.

Les deux sœurs rient ensemble.

29. MAISON LÉA. DÉBARRAS. INT. JOUR

Une sorte de débarras très encombré. Un piano un peu désaccordé. Juliette et P'tit Lys assises côte à côte. Juliette apprend une mélodie (*À la claire fontaine*) à P'tit Lys.

JULIETTE

Non, là regarde, sol, sol, si, si, la, si, sol, sol, sol, si, si, la, si, vas-y !

L'enfant essaie maladroitement.

JULIETTE

Oui pas mal ! Tes doigts, écarte-les davantage, comme ça c'est bien, plus fort, tape plus fort !

P'TIT LYS

C'est dur, Tata !

JULIETTE

Mais non, sol, sol, si, si, la, attention ce n'est plus un la !

P'TIT LYS

J'y arriverai jamais !

JULIETTE

Mais si ! Je jouais souvent avec ta maman tu sais !

P'TIT LYS

Ma maman ?

JULIETTE

Ben oui !

P'TIT LYS

Ma maman qui jouait au piano ? Je le crois pas !

JULIETTE

Elle jouait très bien. En plus, celle-là nous amusait...

P'TIT LYS

À cause de la fontaine ?

Juliette acquiesce en souriant.

P'TIT LYS

Je l'ai jamais vue jouer ! Elle veut même pas que je fasse du piano, elle voudrait que je fasse de la flûte ! Si elle nous voit, elle va nous gronder !

JULIETTE

Mais non, ne t'en fais pas... Allez, on recommence ?

30. UN BUREAU. INT. JOUR

Une femme derrière un bureau. Face à elle, Juliette. La femme étudie un dossier. Elle le referme.

LA FEMME

Pour le poste de secrétaire, c'est sûr que vous pourriez convenir... Mais pour un

cas comme le vôtre, je ne peux pas prendre la décision seule, c'est le directeur de l'hôpital qui va trancher.
(*un temps*)
Vous vous voyez comme secrétaire ?

JULIETTE
C'est une drôle de question.

LA FEMME
Quoi qu'il en soit, si jamais il est d'accord, il faudra ici que personne ne sache que vous étiez médecin. Et encore moins bien sûr que vous... enfin, vous me comprenez...

Juliette se lève, s'apprête à dire quelque chose.

LA FEMME
Inutile de me remercier, je ne fais pas ça pour vous.

31. MAISON LÉA. SALON. INT. JOUR
Léa occupée à préparer un cours. Elle est à moitié allongée sur un canapé, autour d'elle des livres, des feuilles. Luc entre et lui apporte un thé qu'il dépose sur une table basse. Léa le remercie sans lever la tête. Luc s'approche de la fenêtre. On distingue dans le jardin Juliette qui marche lentement. P'tit

Lys est aussi dans le jardin. Elle court en tous sens, mais Juliette n'a pas l'air de s'en préoccuper.

LUC

On ne se douterait pas à la voir comme ça...

LÉA (*totalement inattentive*)

De qui tu parles... ?

LUC

Elle a l'air complètement normale.

Léa paraît se réveiller, elle regarde la scène qu'observe Luc, puis le regarde lui.

LÉA

Arrête !

LUC

Quoi « arrête » ? Si tu préfères oublier ce qu'elle a fait, moi j'ai du mal !

LÉA

Fous-lui la paix !

LUC

Ça t'arrange bien de ne pas savoir pourquoi hein ? Comme tes parents à l'époque ! Faire les autruches !

Léa

Ça suffit Luc !

32. PISCINE RONDE DE NANCY-THERMAL. INT. JOUR

Juliette et Léa faisant la planche, côte à côte, bras écartés, dans un bassin circulaire.

Juliette

Et toi, qu'est-ce que tu voulais faire ?

Léa

Oh moi… De toute façon je n'aurais pas fait médecine comme toi, je sais que c'était leur hantise, pourtant il n'y avait aucun risque, j'étais plus attirée par la littérature, les langues…
Le jour où je suis entrée en hypokhâgne, j'ai vu combien ils ont été soulagés…

Juliette

Quand tu étais toute petite, tu voulais absolument être « danseuse vétérinaire ». J'avais beaucoup de mal à t'expliquer que ça allait être compliqué de faire les deux !

Toutes deux rient.

LÉA

C'est bon d'être dans l'eau, hein ?

Juliette acquiesce en silence.

HOMME (OFF)

Bonjour Madame Léa !

Derrière elles, on aperçoit un homme bedonnant de 65 ans environ, fine moustache à la Clark Gable, chaîne en or autour du cou, chevalières aux doigts, bronzage UV.

LÉA

Ah bonjour Monsieur Lucien, ça va ?

MONSIEUR LUCIEN

Ça va... Vous ne me présentez pas ?

LÉA

Si, bien sûr, c'est ma sœur, Juliette, Monsieur Lucien, un habitué.

MONSIEUR LUCIEN

Ah votre sœur... Bonjour madame !

LÉA

Oui, MA sœur, pas touche Monsieur Lucien !

Il rit et s'éloigne.

Léa

C'est *the* dragueur de la piscine. Il essaie avec toutes les femmes, jeunes ou vieilles...

Juliette

Et ça marche ?

Léa

Ah tu serais étonnée !

Léa regarde le corps de Juliette, qui s'est remise à faire la planche, les yeux fermés. Léa finit par effleurer une petite cicatrice sur la cuisse de Juliette.

Léa

J'ai couru vers toi pour que tu me prennes dans tes bras, j'ai sauté, tu as basculé dans les branchages, je revois encore le sang, et puis ton visage, tout pâle...
J'ai cru que tu allais mourir, et que c'était à cause de moi.

33. MAISON LÉA. CUISINE. INT. JOUR

Luc fait goûter les deux filles. Il donne un yaourt à Emélia tout en lisant *L'Équipe*. P'tit Lys est sur les genoux de Papy Paul, qui mange aussi un yaourt. Il vient de lui donner un post-it sur lequel est écrit « Chipie P'tite pie ».

P'tit Lys

Chipie toi-même ! (*elle en fait une boulette et embrasse son grand-père*) Elle revient quand maman ?

Luc

Je ne sais pas, elle ne va pas tarder...

P'tit Lys

Et Tata ?

Luc

J'en sais rien.

P'tit Lys

Elles sont ensemble ?

Luc

Mais je ne sais pas, mange tes tartines !

Un temps.

P'tit Lys

Tata Juliette, elle doit bien avoir un métier ?

Luc

Pourquoi tu me demandes ça ?

P'tit Lys
Pour rien, comme ça...
J'me dis qu'elle doit avoir un métier, parce que, elle est pas toute jeune quand même...

Luc est plongé dans la lecture de son journal.

P'tit Lys
Et c'est quoi son métier alors ?

Luc
Ben tu lui demanderas, grosse maligne, tu m'embêtes à la fin, tu vois bien que je travaille !

34. CHAMBRE JULIETTE. INT. SOIR

Juliette dans la pénombre. Elle n'a pas allumé la lumière. Elle regarde par la fenêtre le jardin sur lequel tombe la pluie.
On distingue sur le lit quelques papiers, peut-être parmi eux une photographie, mais on ne parvient pas à voir vraiment.

36. BUREAU ÉDUCATRICE. INT. JOUR

L'éducatrice
Bon, écoutez, je crois qu'on a fait le tour !
On se revoit dans quelques semaines. Je

vais rappeler l'hôpital de mon côté pour aller aux nouvelles. Ce serait quand même l'idéal pour vous ce travail.
Je vous tiendrai au courant.

Elle se lève. Se dirige vers la porte. Prend une cigarette, en propose une à Juliette. Elles passent dans le couloir.

JULIETTE

Non merci.

L'ÉDUCATRICE

Je voulais vous demander... J'ai lu tout votre dossier évidemment, les comptes rendus, les minutes du procès...
Pourquoi vous n'avez rien dit durant l'instruction, ni au procès d'ailleurs... ?
Vous êtes restée muette...

JULIETTE

...

L'ÉDUCATRICE

Même devant les experts vous n'avez pas ouvert la bouche. Leurs rapports font vingt lignes, « *être mutique, psyché fragmentée à la suite du divorce, geste de vengeance...* » Il y en a juste un qui écrit que faire une injection létale est déjà

« *l'annonce du choix du silence* », j'ai pas trop compris ça d'ailleurs...

JULIETTE (*qui s'emporte*)
Vous croyez quoi ? Que c'est à vous, là, que je vais dire quelque chose ! ! C'est quoi au juste votre métier ? Hein ? C'est quoi ? Déterrer des cadavres ! ? Foutez-moi la paix !

Elle part violemment.

37. RUE. EXT. SOIR
Léa et Luc marchent enlacés.

LUC
Dis donc, ça faisait un moment que tu ne m'avais pas fait la surprise de venir me chercher au boulot !

LÉA
Ça te manquait ?

LUC
Ouais, j'aime bien.

LÉA
On va au ciné et après au restau, d'accord ?

Luc

D'accord.

Léa

Tu veux voir quelque chose en particulier ?

Luc

Ouais toi...

Léa

Arrête ! En ce moment, il y a un cycle Kurosawa au Caméo.

Luc

Oh non, les Japonais, je m'endors tout le temps.

Léa

Bon ben sinon il y a encore une séance pour *The Shop around the corner*.

Luc

Ah oui, tiens, ça fait longtemps qu'on ne l'a pas revu celui-ci ! Mais ça va pas faire trop long, ça ? En plus si tu veux aller dans un restau après...

Léa

Non, ça ira.

Un temps. Ils marchent.

LUC
Katrina était d'accord pour rester aussi tard ?

LÉA
Pourquoi tu me parles de Katrina ?

LUC
Ben, c'est pas elle qui garde les filles ?

LÉA
Non, j'ai demandé à Juliette.

LUC
À ta sœur ! ! ? ? Tu as demandé à ta sœur de garder nos filles ! Mais ça va pas non ! Elle tue son gamin et tu lui demandes de garder nos petites ! Mais t'es complètement malade ma pauvre vieille !

38. MAISON LÉA. EXT. INT. SOIR
Luc se gare en freinant brutalement. Il jaillit de la voiture, traverse le jardin en courant, entre dans la maison.

Luc (*paniqué*)
P'tit Lys ! ? Emélia ! ? P'tit Lys ! ?

Juliette sort du salon un livre à la main et le regarde tout étonnée.

Luc (*très agressif*)
Où sont mes filles ?
Où sont mes filles ?

Juliette
Dans leurs chambres... ! On a dîné tôt, elles avaient sommeil et...

Luc n'attend même pas la fin des explications de Juliette. Il fonce dans l'escalier. Juliette le regarde, éberluée. Léa arrive sur ces entrefaites.

Juliette
Vous êtes déjà là ? Qu'est-ce qui lui arrive ?

Léa, mal à l'aise, ne répond rien. Luc réapparaît en haut de l'escalier, très calme. Il a l'air gêné.

Luc
Elles... dorment. Elles dorment, quoi...
Elles dorment bien.

39. MUSÉE DES BEAUX-ARTS. INT. JOUR
Juliette flâne dans le musée, qui est quasiment désert. Elle parvient devant un tableau. Elle s'arrête, comme paralysée devant lui. C'est un très grand format qui représente de façon ultra réaliste une femme en grand deuil qui s'apprête à se jeter dans une tombe où l'on vient de déposer un cercueil. D'autres femmes la retiennent. Les hommes, en habit et haut-de-forme, sont à l'arrière-plan.

MICHEL (OFF)
Le tableau s'appelle *La Douleur*.

Juliette sursaute.

JULIETTE
Vous m'avez fait peur...

MICHEL
Bonjour... Impressionnant, non ?

JULIETTE
Qui est le peintre ?

MICHEL
Émile Friant. Très connu de son vivant, et puis complètement oublié après. Il est mort dans les années trente. Venez, je vais vous en montrer un autre de lui, mon préféré...

Ils passent dans une autre salle. Michel s'arrête devant un petit tableau qui représente un visage de jeune fille devant un paysage de neige.

MICHEL

La première fois que je l'ai vu, j'ai failli tomber par terre. C'est exactement le portrait d'une fille dont j'étais amoureux fou à 20 ans, et qui ne m'a jamais regardé...
Alors maintenant, je me venge, elle est emprisonnée dans ce cadre, et moi je peux venir la voir quand je veux... Elle n'a pas son mot à dire.

40. TERRASSE DE RESTAURANT. EXT. JOUR

Juliette et Michel finissent de déjeuner.

MICHEL

Elle est brillante Léa... Dans son domaine, c'est une des meilleures spécialistes en France, mais ce n'est pas une tueuse... Et dans ce milieu, si on ne marche pas sur les autres, on n'avance pas...

JULIETTE

Et vous, vous êtes un tueur ?

MICHEL
Est-ce que j'en ai l'air ?

JULIETTE
Je ne sais pas. On ne se connaît pas beaucoup.

MICHEL
Non moi, tout ça... ce n'est plus mon truc...

JULIETTE
Pourquoi, ça l'a été... ? Qu'est-ce qui a changé ?

MICHEL
Rien... Tout... La vie... C'est la vie qui nous change. Vous ne croyez pas ?

JULIETTE (*songeuse*)
La vie...

MICHEL
Léa m'a dit que vous cherchiez du travail ?

JULIETTE
Oui, j'ai eu un entretien il n'y a pas longtemps, pour une place de secrétaire, à l'hôpital.

MICHEL
Secrétaire ? Vous avez toujours fait ça ?

JULIETTE
Oui. Enfin, non... C'est un peu compliqué...

MICHEL (*en plaisantant*)
Oh alors, si c'est un peu compliqué, je me tais, je ne pose plus de questions (*il lève son verre*).
À vous !

JULIETTE
À la jeune fille du musée !

MICHEL
Ah non, pas à elle !

Tous les deux rient.

41. VOITURE. TROTTOIR. INT. EXT. JOUR
Léa serre le frein à main de la voiture.

LÉA
Finalement non ?

JULIETTE
Non, je ne préfère pas... vas-y, je t'attends ici.

Léa saisit un bouquet de fleurs sur la banquette arrière.

LÉA
Je n'en ai pas pour longtemps.

Elle sort. Juliette reste dans la voiture. Elle regarde de temps en temps par la fenêtre en direction de la maison de retraite. Au bout de dix secondes, elle finit par sortir de la voiture, fait quelques pas sur le trottoir, s'adosse à la voiture. On voit des pensionnaires dans le jardin, assis sur des bancs, muets. Soudain, par une fenêtre, on aperçoit Léa, qui tire un rideau, ouvre un vantail, et à côté d'elle, une vieille femme, de dos. On revient sur le visage de Juliette. Elle a les yeux embués.

42. UN CAFÉ. INT. JOUR

Juliette entre dans un grand café – Excelsior. Elle cherche quelqu'un du regard. Soudain, on voit l'inspecteur qui agite le bras pour signaler sa présence. Il se lève. Elle va vers lui. Ils s'asseyent.

L'INSPECTEUR
Ça ne vous dérangeait pas que je vous donne rendez-vous ici ? Le bureau, j'en ai jusque-là !

JULIETTE

Non, j'aime bien les cafés...
C'est peut-être une des choses qui m'a le plus manqué en prison, l'ambiance des cafés, les bruits, la fumée, les conversations...

Il remarque ses cheveux mouillés.

L'INSPECTEUR

Il pleut dehors ?

JULIETTE

Non... ? Ah (*elle montre ses cheveux*) je sors de la piscine.

L'INSPECTEUR

Vous aimez nager ? Moi aussi, mais pas dans les piscines...
Je vous ai déjà parlé de l'Orénoque, non ?

JULIETTE

Oui, la première fois qu'on s'est vus.

L'INSPECTEUR

C'est énorme l'Orénoque, énorme... 2 500 kilomètres de long, ça n'en finit pas... C'est puissant... Des rapides, des chutes, des plaines où il s'étale...

JULIETTE
Vous l'avez déjà vu ?

L'INSPECTEUR
Pas encore... C'est en projet... On verra...

JULIETTE
Qu'est-ce que vous attendez ?

L'INSPECTEUR
C'est pas simple. J'ai une petite fille. Elle est avec sa mère. Je ne la vois pas beaucoup. La mère est loin... Et la petite fille s'est éloignée aussi.

JULIETTE
Vous n'avez jamais pensé à vous rapprocher d'elle ?

L'INSPECTEUR
Me rapprocher ? Professionnellement, c'est pas possible.
(*un temps*)
Vous savez que l'Orénoque, c'est un vrai mystère... Il y a eu plusieurs expéditions pour localiser sa source, eh bien, personne ne l'a jamais vraiment trouvée... Bon, ils ont déniché des filets d'eau... Mais la vraie source, rien à faire... Je vous embête avec ça !

JULIETTE

Non ! Pas du tout.

L'INSPECTEUR

C'est fascinant, non ? Aujourd'hui où on sait tout, qu'on ne sache pas où est la source d'un fleuve...

JULIETTE

Beaucoup de choses nous échappent.

L'INSPECTEUR

J'ai signé les papiers, j'ai mis un avis très favorable...

JULIETTE

Pardon ?

L'INSPECTEUR

Pour l'hôpital, la place, ils me demandaient mon avis.

JULIETTE

Je vous remercie.

L'INSPECTEUR

De rien. (*le garçon arrive*)
Qu'est-ce que vous prenez ?

43. MAISON LÉA. CUISINE. INT. SOIR
Le dîner se termine. Léa n'est pas là. Juliette commence à faire la vaisselle. P'tit Lys achève son dessert.

LUC
P'tit Lys, tu montes te coucher, tu te brosses les dents et tu ne réveilles pas ta sœur.

P'TIT LYS
Elle rentre quand Mamounette ?

LUC
Quand sa réunion sera terminée.

P'TIT LYS
Tard ?

LUC
Oui, je pense, allez file, je viendrai te faire un bisou.

P'TIT LYS
Viens avec moi Papy Paul !

Elle entraîne Papy Paul. Luc voit d'un air désolé partir son père. Il se retrouve seul avec Juliette dans la cuisine. On sent Luc mal à l'aise. Juliette fait la vaisselle.

LUC

Et pour le compte en banque, ça s'arrange ?

JULIETTE

Le compte oui, mais pas le chéquier, tant que je n'ai pas un emploi, ils ne veulent pas m'en donner.

LUC

L'hôpital, des nouvelles ?

JULIETTE

Non. Rien.

Un silence.

JULIETTE

Ne t'en fais pas Luc, je ne vous embêterai pas longtemps, je vais trouver une solution.

LUC (*mollement*)

Ah non, je n'ai jamais voulu dire quoi que ce soit qui...

P'TIT LYS (OFF, VOIX LOINTAINE)

Je veux une histoire !

LUC (*soulagé que sa fille appelle*)
J'arrive ma puce !

Il sort de la cuisine. Juliette termine de nettoyer. Luc revient, visiblement contrarié.

LUC
Elle veut que ce soit toi.

44. CHAMBRE P'TIT LYS. INT. NUIT
Juliette assise sur le lit de P'tit Lys, occupée à lire une histoire. La fillette dort déjà.

JULIETTE
... *Face à lui le vieil homme souriait, et par moments, il semblait à Badji que le visage de son hôte devenait celui d'un garçon de son âge, ou d'une jeune fille, ou d'un nourrisson. Au ciel, les étoiles faisaient danser leurs clous d'argent et la lune montait, pleine comme le ventre d'une femme...*

Juliette se rend compte que la fillette s'est endormie. Elle ferme doucement le livre. Elle regarde l'enfant, on ne sait pas ce qu'elle pense, la situation pourrait être inquiétante, le regard de Juliette paraît mort. Finalement, elle se penche vers P'tit Lys, et pour la première fois l'embrasse d'un baiser long dans lequel on sent beaucoup d'amour. Léa, dans l'embrasure de la porte, la regarde sans qu'elle le sache. Juliette se retourne. Léa lui sourit.

45. RUE DEVANT MAISON. EXT. JOUR

Luc termine le chargement de la voiture. Les enfants sont déjà dedans. Léa transporte des sacs de couchage, de la vaisselle, des courses. Juliette les aide. Atmosphère de départ joyeux.

P'TIT LYS

Alors on y va ou quoi !

LUC

Patience Altesse, patience...

LÉA (*à Juliette*)

T'as pris un pull, parfois il ne fait pas chaud là-bas !

JULIETTE

Ah non, je n'y ai pas pensé !

46. MAISON LÉA. INT. JOUR

Juliette dévale l'escalier un pull à la main. Elle s'apprête à quitter la maison, puis se ravise et pousse la porte de la bibliothèque de Papy Paul. Celui-ci lit, souriant, identique à lui-même.

JULIETTE

Ça ira ? Vous avez tout ce qu'il vous faut ?
On revient demain...
Au revoir !

47. VOITURE. INT. JOUR

Sur la route. Ambiance gaie. Tout le monde chante dans la voiture.

48. FERME. EXT. INT. JOUR

Montage de différentes scènes. Arrivée devant une grosse ferme, mal retapée, un peu bohème. Un étang non loin. Il y a déjà des amis avec des enfants qui courent partout. D'autres arrivent. En tout, il y aura une quinzaine d'adultes. Dont Michel, Samir et sa femme. Les gamins font le cirque dans les chambres. Les femmes qui s'activent dans la cuisine. Les hommes qui ouvrent des bouteilles. Jouent au foot. On dresse la table.

49. FERME. INT. NUIT

Un grand feu dans l'âtre. Des enfants qui dorment par terre ou sur de vieux fauteuils. D'autres dans un coin qui se racontent des choses à voix basse. Les adultes autour de la table. Beaucoup de bouteilles vides. Visages colorés. Un pétard circule. Ambiance joyeuse qui peu à peu va se tendre. Un homme (Gérard), un peu ivre mais surtout très pénible, va tout faire déraper.

LÉA

J'aime pas Rohmer, j'aime pas Rohmer ! C'est quand même mon droit non ?

GÉRARD

Je trouve incroyable que tu puisses enseigner la littérature et en même temps ne rien comprendre au cinéma de Rohmer !

SAMIR

Léa n'a jamais dit qu'elle ne comprenait rien à Rohmer, elle a dit qu'elle n'aimait pas son cinéma ! C'est différent !

GÉRARD

Mais c'est fou d'entendre des imbécillités pareilles ! Je me demande comment tu fais pour expliquer Racine à tes étudiants !

LÉA

Je ne vois pas le rapport ! Qu'est-ce que Racine vient faire là-dedans ?

GÉRARD

Rohmer, c'est le Racine du XXe siècle, mais si vous êtes tous trop cons pour vous en apercevoir !

FEMME 1

T'es vachement intolérant en définitive comme mec !

MICHEL

Tiens tire un petit coup là-dessus, ça va te détendre. (*il lui passe le joint*) Après ça, tu vas nous dire que Stallone c'est Shakespeare !

GÉRARD

Oh toi ça va, à part le foot, rien ne t'intéresse ! Et vous Juliette, qu'est-ce que vous en pensez ?

Juliette, qui tient sa tête entre ses mains, sourit et hausse les épaules.

GÉRARD

Juliette ne dit rien. Juliette nous observe et nous juge. Mais qui est Juliette ? La mys-té-ri-eu-se Juliette... Juliette des esprits et des limbes... Juliette qu'on nous avait cachée pendant si longtemps...

Luc

Bon ça va, t'es lourd, sors un peu t'aérer !

Gérard fait tinter son couteau contre son verre.

Gérard

Mesdames et Messieurs, un peu de silence s'il vous plaît ! Je réclame votre attention et propose un jeu ! Le vainqueur se verra offrir toute ma considération...

Un homme

On s'en fout de ta considération !

Gérard

... Et surtout un baiser de Juliette !

Léa

Ce que tu peux être pénible quand tu t'y mets !

Gérard

Alors voilà, il s'agit de trouver pourquoi Léa nous a caché sa ravissante sœur pendant deux siècles ! Où était Juliette ? Que faisait Juliette ?

Samir
Arrête tes conneries tu veux !

Gérard
Était-elle au bout du monde ? Était-elle fâchée avec Léa ?

Michel
Ça suffit maintenant Gérard !

Gérard
... cachée en Suisse ? Dans un couvent ? Juliette était-elle...

Luc
Mais tu ne vois pas que tu fais chier tout le monde ?

Gérard
... montreuse d'ours dans un cirque, agent secret du Mossad, amnésique ? Répondez Juliette ! Répondez je vous prie !

Léa
Ta gueule, Gérard ! Ta gueule !

Luc
Je te fous mon poing dans la gueule si tu ne la boucles pas !

GÉRARD

Allons, laissez-la parler ! Pour une fois que j'ai une véritable héroïne de roman face à moi, je veux l'entendre me dire...

MICHEL

Que tu fais chier tout le monde !

GÉRARD

Me dire la vérité... Disparition de Juliette/réapparition de Juliette ! Hop ! Hop ! (*il mime un escamotage*)

UN HOMME

Va te coucher !

GÉRARD

Non, pas avant de savoir où était Juliette, la belle Juliette ! Juliette ! JULIETTE ! ! ! !

Il se tait, la regarde. Les bruits s'estompent. Un silence se fait

JULIETTE

J'étais en prison, pendant 15 ans. J'ai tué mon fils.

Juliette a dit cela très calmement. Il y a ensuite un silence absolu, très bref. Puis soudain Gérard éclate de rire, suivi de tous les autres, à l'exception de Léa, de Luc, de Michel.

UN HOMME

Ah elle t'a bien cassé Gérard !

UNE FEMME

Excellent !

SAMIR

Plus de voix la grande gueule !

GÉRARD

C'est vrai, elle est trop forte, je me rends !

L'ambiance animée reprend. Juliette quitte la salle, discrètement. Léa et Luc échangent un regard.

50. BERGES DE L'ÉTANG. EXT. NUIT

Juliette au bord de l'étang. On entend les rires venir de la maison. Nuit noire. Des pas. Michel vient à côté de Juliette. Il tente de lui mettre la main sur l'épaule. Elle se dégage.

MICHEL

Excusez-le, lorsqu'il a un peu bu, il devient très pénible, mais ce n'est pas un mauvais cheval...

Un silence.

MICHEL

Ils sont tous persuadés que vous plaisantiez...
Moi je...
...
Je suis sûr que vous ne plaisantiez pas...
...
Avant d'être à la fac, j'ai enseigné dix ans en prison. Je n'en parle jamais...
J'y allais trois fois par semaine... J'en sortais trois fois par semaine...
Rien n'a jamais plus été comme avant.
J'ai regardé tout différemment, les autres, le ciel, le temps qui passe, le fait d'aller et venir, dans la rue, comme ça...
J'ai rangé mes certitudes aussi... Les jugements qu'on a toujours...
Toutes celles et tous ceux que j'ai rencontrés derrière les murs, je me suis aperçu qu'ils étaient comme moi, qu'ils auraient pu être à ma place, ou moi à la leur...
Tout est si mince parfois...

51. RUE MAISON LÉA. EXT. NUIT

Michel se gare devant la maison. Juliette est à ses côtés.

MICHEL

Ça va aller ?

JULIETTE

Oui. Merci de m'avoir ramenée.

Ils se regardent intensément. Michel fait le geste de tendre sa main vers la joue de Juliette.

JULIETTE

Non... S'il vous plaît...
Je suis encore... si loin.

Elle sort de la voiture.

52. FAC. PETITE SALLE. INT. JOUR

Léa avec un groupe d'une dizaine d'étudiants. Une discussion animée. On sent Léa très tendue, irritée. Au contraire, l'étudiant qui parle est calme. Les autres étudiants d'ailleurs échangent des regards étonnés, tout au long de la scène.

LÉA

Cela ne vaut que pour Raskolnikov ! Vous ne pouvez étendre cette notion de la culpabilité rédemptrice à l'humanité en général et dire que chaque meurtre perpétré contient sa propre rédemption !

UN ÉTUDIANT

Pourtant, Madame, le romancier a toujours pour objet la reconstitution du monde, le projet de Dostoïevski n'échappe pas à la règle.

LÉA

Dans le cas de ce roman, vous savez pertinemment que la narration est impersonnelle, qui plus est trouée, lacunaire, comme si l'auteur justement se refusait à présenter une seule vision du monde car il sait qu'il est pluriel, que les intentions sont plurielles, que les vérités le sont aussi !

L'ÉTUDIANT

Mais la première version du texte est à la première personne.

LÉA

Et alors ! ?

L'ÉTUDIANT

On peut se dire que le projet initial était bien de présenter une âme, de donner au lecteur une radiographie du meurtrier à la fois intime et universelle.

Léa (*qui s'emporte de plus en plus, les étudiants sont interloqués*)

Vous dites n'importe quoi ! Que savez-vous du meurtre et des meurtriers ?

L'étudiant

Je...

Léa

Et Dostoïevski, qu'est-ce qu'il en savait du meurtre au fond ? Qu'est-ce qu'il en savait ? Rien ! Rien du tout ! Même les chefs-d'œuvre ne sont que des hypothèses, des constructions simplistes qui ne sont rien à côté de la vie, rien, vous entendez ! Alors arrêtez de prendre les livres pour des bréviaires, ça vous évitera de raconter des conneries comme celles que vous soutenez !

Les étudiants se regardent consternés. Léa reprend pied et se rend compte qu'elle a totalement dérapé.

Léa

Je... je vous prie de m'excuser. Excusez-moi... Je ne sais pas ce qui m'a...

Elle rassemble ses affaires précipitamment et sort.

53. FAC. COULOIR. BUREAU LÉA. INT. JOUR

Léa arrive en courant près de son bureau devant lequel l'attend l'étudiant africain, toujours aussi élégant. Il est assis sur un banc. Dès qu'il l'aperçoit, il se lève.

BAMAKALÉ

Bonjour Madame, je voulais vous...

Elle l'interrompt immédiatement.

LÉA

Oh vous ! Ce n'est vraiment pas le jour !

Elle entre dans son bureau et claque la porte. L'étudiant reste debout, l'air stupéfait.

54. BUREAU LÉA. INT. JOUR

Léa, le visage dans les mains, en larmes.

55. SECRÉTARIAT HÔPITAL. INT. JOUR

Juliette suit la femme de la séquence 30. Celle-ci la présente à deux ou trois secrétaires qui travaillent devant des écrans d'ordinateur. Elles arrivent toutes deux devant un bureau inoccupé.

LA FEMME

Voilà votre place. Vous aurez essentiellement à transcrire des rapports médicaux, peut-être à soulager aussi certaines de vos collègues de temps à autre. Vous êtes à l'essai pour trois semaines, ensuite le directeur décidera. Je vous laisse.

Elle s'éloigne et revient sur ses pas tandis que Juliette commence à s'installer.

LA FEMME

Je compte évidemment sur votre discrétion.

56. MAISON LÉA. INT. JOUR

Léa rentre. Elle dépose des sacs de courses dans l'entrée. On entend une mélodie hésitante (celle de la séquence 29, *À la claire fontaine*) jouée au piano. On sent Léa soudain troublée. On la suit dans l'escalier, dans les étages, jusqu'au débarras où elle découvre P'tit Lys jouant au piano, Juliette assise à ses côtés, Emélia les fesses par terre, et Papy Paul dans un coin, qui sourit, sur son front est collé un post-it. Une écriture enfantine y a écrit « Silence ! »
P'tit Lys s'arrête et saute au cou de sa mère.

P'TIT LYS

Maman ! Viens ! Joue ! Joue Maman !
Tata m'a dit que tu jouais très bien !

Léa hésite. Juliette se pousse sur le banc, et la convainc du regard. Léa hésite encore, puis s'assied. Ses gestes sont graves. Elle regarde le piano comme on regarde quelqu'un qu'on retrouve après des années. Elle regarde sa sœur. Toutes deux se mettent à jouer à quatre mains la mélodie, puis Juliette commence à chanter les paroles, rejointe par Léa.

JULIETTE

À la claire fontaine m'en allant promener
J'ai trouvé l'eau si claire
Que je m'y suis baignée...

JULIETTE ET LÉA

Il y a longtemps que je t'aime
Jamais je ne t'oublierai...
J'ai trouvé l'eau si claire
Que je m'y suis baignée...
À la feuille d'un chêne
Je me suis essuyée
Il y a longtemps que je t'aime
Jamais je ne t'oublierai...
Lalala lalala lalalalalala
Lalala lalalala
Lalala lalala lalalalalala...

Les enfants applaudissent, Papy Paul paraît aux anges. Les fillettes se précipitent dans les bras de leur mère, et l'embrassent. Léa et Juliette se regardent avec beaucoup d'émotion. Juliette caresse le bras de Léa.

57. SECRÉTARIAT HÔPITAL. INT. JOUR
Juliette à son bureau devant son clavier, avec des écouteurs, tape un rapport enregistré. Trois jeunes hommes, des médecins ou des internes, en blouse blanche, arrivent. L'un jette sur le bureau de Juliette une cassette.

LE MÉDECIN
Vous tapez et vous faites suivre en cardio.

Juliette enlève ses écouteurs.

JULIETTE
Pardon ?

LE MÉDECIN (*excédé*)
Je vous disais de taper cela immédiatement et de le faire suivre en cardio !

JULIETTE
Mais c'est que je suis déjà en train de transcrire un rapport urgent...

Le médecin

Pour qui vous prenez-vous ? Vous faites ce qu'on vous dit ! Je veux qu'il soit là-haut dans un quart d'heure. Compris ?

Juliette

Bien...

Ils s'éloignent. On entend, en fond, le médecin qui dit alors aux autres :

Le médecin

Ils les prennent de plus en plus vieilles et de plus en plus connes...

58. UN CAFÉ. INT. JOUR

Le capitaine Fauré et Juliette à une table.

Le capitaine

Après, c'est pas évident de rencontrer quelqu'un... Moi, je n'aime pas trop sortir... Et puis un flic, ça fait peur... Pourtant, je serais à la Sécu, ce ne serait guère différent vous savez, je suis dans un bureau, du matin au soir, je fais de la paperasse... Je serais même incapable de rattraper un voleur...

JULIETTE (*avec une ironie tendre*)
Arrêtez, vous allez me faire pleurer si vous continuez...

LE CAPITAINE
Sans blague, je vous assure. C'est ici que j'avais rencontré ma femme, le décor a un peu changé, mais pas beaucoup, on reconnaît encore bien... Votre mari vous l'aviez rencontré où ?

JULIETTE
À la fac.

LE CAPITAINE
Médecin comme vous ?

JULIETTE
Non, il a fait deux premières années, puis il a arrêté.

LE CAPITAINE
Il a fait quoi après ?

JULIETTE
On n'est peut-être pas obligés de parler de lui.

LE CAPITAINE
La dernière fois que vous l'avez vu, c'était au procès ?

JULIETTE
Oui. Il est venu témoigner contre moi. Il ne m'a pas regardée une seule fois.

LE CAPITAINE
Ma femme aussi, c'était pour le jugement... Depuis, jamais plus... Elle envoie la petite par avion ou par train, avec une étiquette autour du cou, comme un colis...
Je saurais même encore vous dire comment elle était habillée ma femme, le jour de notre rencontre...

JULIETTE
Quelle mémoire !

LE CAPITAINE (*après avoir ri*)
Le travail, ça va ?

JULIETTE
Ça fait bizarre.

LE CAPITAINE
D'être à l'hôpital ?

JULIETTE
Non, c'est plutôt le fait de... recommencer, que quelque chose recommence. J'ai l'impression d'avoir... (*elle s'interrompt*)

LE CAPITAINE

Quoi ?

JULIETTE

Non, rien, je ne sais pas, j'ai du mal à expliquer.

LE CAPITAINE

Et les autres, ils ne vous emmerdent pas trop ?

JULIETTE

Oh, les autres... Non, ça va.

LE CAPITAINE

Je voulais vous dire, je crois que je ne vais pas tarder... vous vous souvenez, mon projet, l'Orénoque... Depuis le temps... là, ça se dessine vraiment dans ma tête... Parce qu'au fond, rien ne me retient, rien...

JULIETTE

C'est génial ! Je suis contente pour vous !

LE CAPITAINE

(*qui la regarde avec une grande intensité*)

Ouais... Ouais...

60. CUISINE. INT. SOIR.
Juliette est assise et tient Emélia sur ses genoux. Elle feuillette avec elle un imagier, et prononce plusieurs fois les mots correspondant aux images. La petite essaie de répéter. Soudain, on entend un choc sourd à l'étage, suivi de voix assourdies qui hurlent.

61. CHAMBRE LÉA. INT. SOIR.
Luc est à terre et grimace de douleur en se tenant l'épaule. À côté de lui, un escabeau renversé et quelques outils.

LÉA
Le con ! Le con !

LUC
Tais-toi s'il te plaît, j'ai mal...

P'tit Lys passe le bout de son nez par l'embrasure de la porte.

P'TIT LYS
Papa ! Qu'est-ce qui se passe ?

Juliette arrive précipitamment avec Emélia dans ses bras. Elle dépose la petite et s'agenouille près de Luc. Elle retrouve spontanément ses gestes de médecin.

JULIETTE

Où as-tu mal ?

LUC

Là...

Juliette l'examine. Papy Paul pointe son nez.

LÉA

Je t'avais dit de ne pas t'en occuper ! Tu n'es même pas capable de planter un clou !

JULIETTE

Ce n'est rien. C'est juste l'épaule qui est déboîtée. Je vais te la remettre en place, ça va te faire un peu mal sur le coup, mais ensuite, tout sera fini.

Juliette fait la manipulation avec des gestes sûrs. P'tit Lys la regarde faire. Elle semble impressionnée.

LUC

Aïe ! ! ! ! !

P'TIT LYS

Papa !

JULIETTE

Ça va ?

Luc fait jouer son épaule.

LUC

Oui... Oui... c'est bon...
Merci Juliette...

Papy Paul s'en va. Sur le chambranle, on voit un post-it collé « Pirouette Cacahouète ! »

LÉA

La prochaine fois, tu t'abstiendras !

P'TIT LYS

T'as appris à faire ça où Tata ?

Regards rapides échangés entre Juliette, Léa et Luc.

JULIETTE

Chez les scouts !

P'TIT LYS

C'est quoi les scouts ? Moi aussi j'veux
être scout !

62. PISCINE RONDE. INT. JOUR
Juliette et Léa nagent côte à côte.

LÉA

Maintenant, avec les deux filles, mes recherches en ont pris un coup, je fais moins de colloques, je publie moins... Mais l'ambiance à Nancy 2 me plaît... Je m'entends bien avec les collègues, tu vois Michel, c'est vraiment un type sur qui on peut compter...

JULIETTE

Il n'a jamais été marié ?

LÉA

Si... Je crois... Enfin, j'en sais rien à vrai dire. Tu sais, c'est quelqu'un d'assez secret au fond... ça fait des années qu'on travaille ensemble, mais je ne connais pas beaucoup sa vie.
Tiens regarde ! Non mais je rêve ! Regarde Monsieur Lucien avec qui il est !

Monsieur Lucien arrive en compagnie d'une jeune femme sublime de 25 ans environ. Il fait un petit signe complice à Léa et Juliette.

LÉA

Ah je n'en reviens pas ! Mais c'est dingue ça ! Il y a vraiment de l'espoir quand tu es un mec !

JULIETTE

Tu m'avais complètement oubliée.

LÉA

Qu'est-ce que tu dis ?

JULIETTE

Tu m'avais complètement oubliée durant toutes ces années, n'est-ce pas...

Léa regarde sa sœur intensément, sans répondre.

63. MAISON LÉA. BUREAU. INT. JOUR

Léa pose sur le bureau, devant Juliette, un grand carton d'archives.

LÉA

Ouvre.

Juliette hésite, puis ouvre le carton. On y découvre des agendas.

LÉA

Vas-y, prends-en un, au hasard.

Juliette plonge sa main, saisit un agenda.

LÉA

Ouvre-le, n'importe où.

Juliette ouvre l'agenda. En dessous de chaque date on peut lire Juliette suivi d'un chiffre : *Juliette 918, Juliette 919*. Juliette saisit un autre agenda, l'ouvre, là encore *Juliette 3127, Juliette 3128,* etc.

LÉA

C'était la première chose que je faisais, chaque matin, écrire ton nom, et le nombre de jours depuis ton absence... Tu vas me dire que ça prenait juste quelques secondes, et que ce n'était que quelques lettres et des chiffres, mais jamais je n'ai pensé aussi fort à toi que dans ces moments-là, chaque jour... C'était nos retrouvailles.

64. SECRÉTARIAT HÔPITAL. INT. JOUR

Juliette devant son écran d'ordinateur. Le téléphone sonne. Elle décroche.

JULIETTE

Oui... Bonjour monsieur le directeur... Bien... J'arrive tout de suite.

65. BUREAU DU DIRECTEUR. INT. JOUR

Un homme debout, qui regarde souvent par la fenêtre, comme s'il cherchait à éviter de regarder Juliette, qui est assise. Sur son bureau, des photos encadrées, sa femme, ses quatre enfants, trois chiens, deux chevaux.

LE DIRECTEUR

C'est un service, vous comprenez, une équipe... même si chacune d'entre vous a son propre travail, on attend qu'il se dégage une unité, une osmose... Nous ne sommes pas des machines !
Plusieurs de vos collègues se sont plaintes de votre froideur, de votre... distance. Vous ne parlez à personne paraît-il ! C'est gênant... très gênant...

JULIETTE

Ça veut dire que je suis renvoyée ?

LE DIRECTEUR

Non, mais non... Je n'ai jamais dit cela, mais n'oubliez pas que vous êtes à l'essai... Faites un effort. Voilà, faites un effort, soyez moins... repliée sur vous-même. Ouvrez-vous un peu !
Bien sûr, je comprends que... ça ne doit pas être... Enfin, je comprends mais...

JULIETTE

Vous comprenez quoi ?

LE DIRECTEUR

...

67. CHAMBRE P'TIT LYS. INT. NUIT

Léa est auprès de P'tit Lys. La petite lit.

LÉA

Allez ma puce on dort maintenant !

Léa prend le livre, le pose à côté du lit, embrasse sa fille, s'apprête à éteindre la lumière.

P'TIT LYS

Non, s'il te plaît ! Laisse-la !

LÉA

D'accord mon bijou, bonne nuit !

P'TIT LYS

Maman, j'ai une question.

Léa se rapproche du lit.

P'TIT LYS

Quand vous étiez petites Tata Juliette et toi, vous étiez tout le temps ensemble ?

Léa

Oui, très souvent, bien sûr.

P'tit Lys

Mais Tata Juliette, elle était plus grande que toi ?

Léa (*qui acquiesce*)

Humm.

P'tit Lys

Elle te protégeait alors ?

Léa

Contre tout.

P'tit Lys

Mais pourquoi elle a arrêté un jour ?

Léa

Comment ça ?

P'tit Lys

Ben pourquoi elle est partie loin longtemps et elle t'a laissée toute seule ?

Léa

Parce que je n'étais plus une gamine. Dors maintenant.

Léa embrasse sa fille, va jusqu'à la porte.

P'tit Lys

Pourtant, on a toujours besoin d'être protégé, même quand on est grand, non ?

Léa (*riant*)

Et ton benêt de père, il faut bien qu'il serve à quelque chose non ?

P'tit Lys (*riant aussi*)

Oui, c'est vrai, t'as raison !

Léa

Bonne nuit.

P'tit Lys

Tu sais maman, je l'aime beaucoup Tata Juliette...

Léa

Moi aussi mon bijou.

P'tit Lys

On voit bien que c'est ta sœur parce que, elle est gentille comme toi. Dommage qu'elle ait pas eu d'enfants !

Léa

Pourquoi tu dis ça ?

P'TIT LYS

Parce que j'aurais eu des cousins et des cousines.

LÉA

Dors.

68. SORTIE CINÉMA. RUES. EXT. NUIT.

Juliette et Michel sortent d'un cinéma.

MICHEI

On va prendre un verre ?

JULIETTE

Il fait bon... On peut marcher, non ?

Ils marchent un moment, sans rien se dire, mais en ayant l'air heureux d'être ensemble, dans cette ville, la nuit.

JULIETTE

Pendant deux ans, j'ai marché uniquement dans une cour, une toute petite cour triangulaire. Il y avait de hauts murs...

Je comptais les pas, tous les pas que je faisais, et les autres pas, plus tard, à la Centrale... Les gardiennes m'avaient surnommée *La marcheuse*... Mais le plus souvent, les filles m'appelaient *L'absente.*

MICHEL

...

JULIETTE

Il paraît que je donnais l'impression de ne jamais être là...

À ce moment, les dépassent deux jeunes handicapés en fauteuil qui roulent à vive allure, comme s'ils se poursuivaient tout en riant très fort. Juliette et Michel les suivent des yeux.

MICHEL

Dans un roman de Giono, je crois bien que c'est dans son dernier, il y a un très beau personnage de femme, complètement murée dans son silence, qui s'appelle *l'absente*... Le personnage principal en tombe fou amoureux...

JULIETTE

Vous voyez toujours le monde à travers les livres ?

MICHEL

Ils m'ont beaucoup aidé, les livres... Parfois, ils font mieux que les hommes, vous ne pensez pas ?

Il la regarde tout en marchant. Elle finit aussi par le regarder.

69. MAISON LÉA. CUISINE. INT. JOUR

Petit-déjeuner. Toute la famille, les filles, les parents, Papy Paul, Juliette. Luc debout prêt à partir, il pique une tartine à P'tit Lys.

P'TIT LYS

C'est ma tartine !

LUC

Oui mais moi je suis très en retard, il faut que je file, salut tout le monde ! Ah au fait, ne m'attendez pas pour dîner, j'ai une réunion qui va durer très tard !

LÉA

Comment ça, tu as une réunion ? Mais moi non plus je ne suis pas là ! J'ai les délibérations de fin d'année ! Je te l'avais dit !

P'TIT LYS

Et nous alors ?

LUC

Katrina vous gardera, Maman va la prévenir.

Léa

Pas de bol mon grand, Katrina, elle est partie une semaine dans la Vienne pour tout casser chez sa belle-mère !

P'tit Lys

Papy Paul va nous garder ! Hein Papy ! Hein !

Luc regarde Léa. On le sent hésiter. Léa le laisse sans l'aider. Papy Paul écrit sur un post-it « Gardien de chèvres ».

Luc

Peut-être que...

Léa

« Peut-être que » quoi ?

Luc

... que Juliette pourrait vous garder, si elle est d'accord bien sûr... Mais elle a sans doute prévu quelque chose... ?

Juliette

Non, je n'ai rien. Avec plaisir !

P'tit Lys et Emélia

Ouais ! Super ! Super Tata !

70. FAC. BUREAU MICHEL. INT. JOUR

Michel tape sur le clavier de son ordinateur des notes que lui dicte Léa.

LÉA

Sourdillon Laure 10, Suffren Éric 3, Sulkovic Anne 8, Taskon Laurent 11, Taskon Frédéric 6, Tramelle Cécile 18... pas possible, qu'est-ce qu'elle t'a donné celle-ci, un chèque en blanc ?

MICHEL

Tu ne connais pas mon nouveau barème ? Sexe féminin + 3, ventre apparent + 2, port du string + 5, absence de soutien-gorge + 4, piercing au nombril + 1...

LÉA

Idiot ! Juliette qui commence à penser du bien de toi, je vais vite la mettre au parfum.

MICHEL

Elle t'a parlé de moi... ?

LÉA

Comme ci comme ça...

MICHEL

Non, allez, sérieusement, elle t'a dit des choses ?

LÉA

Oh j'adore ! On croirait que tu as soudain 15 ans... Tu sais que tu peux être craquant quand tu veux !
Trousseau Frédéric 8, Trussi Ludivine 5, Ulrich Christian-Edmé 9...

MICHEL

Allez Léa... dis-moi...

LÉA (*qui fait non de la tête en souriant*)

Uzes Sophie 3, Uzbeck Dogun 14, Valdenaire Louis 7, Vogel Ludovic 11...

72. MAISON LÉA. INT. NUIT

Juliette sort sur la pointe des pieds de la chambre de P'tit Lys. Elle ferme la porte, et pose sur une chaise le livre de contes qu'elle tenait à la main. Elle descend l'escalier, voit de la lumière dans la bibliothèque de Papy Paul. Elle frappe doucement, et entre.

JULIETTE

Je peux ?

Papy Paul sourit, comme à son ordinaire. Juliette s'assied en face de lui, et lui sourit. On sent que la présence du vieil homme l'apaise. Il se replonge dans sa lecture. Elle reste là, en face de lui, sans rien dire. De temps à autre, il lève la tête et lui sourit. Bruit de porte et de clés. Juliette se lève et dit bonsoir à Papy Paul en sortant de la pièce. Dans l'entrée, elle retrouve Léa qui vient de rentrer. Toutes les deux parlent à voix basse.

LÉA

Ça a été ? Elles dorment ?

JULIETTE

Comme des masses !

LÉA

Je ne vais pas traîner non plus... Je suis crevée. Et Luc ?

JULIETTE

Pas encore rentré.

LÉA

Demain, c'est toujours d'accord ?

Juliette, après un temps, acquiesce en silence.

73. MAISON DE RETRAITE. INT. JOUR

Léa et Juliette marchent dans le couloir de la maison de retraite. Léa porte un bouquet de fleurs. Elles croisent quelques personnes âgées, en peignoir de molleton bleu. Léa frappe à une porte et entre. Juliette a un temps d'arrêt et reste sur le seuil. Dans la pièce une vieille femme (la mère) est debout. Elle se retourne vivement quand elle entend du bruit.

LÉA

Bonjour Maman.

LA MÈRE (*avec un fort accent anglais*)

J'ai déjà dit que je n'avais besoin de rien !

LÉA

C'est moi Maman...

LA MÈRE

Qui êtes-vous ? Je ne vous connais pas. Si vous ne me laissez pas tranquille, j'appelle !

LÉA

Maman, c'est moi, Léa, ta fille.

LA MÈRE

Ah, ça y est, je vous reconnais ! Mais je vous ai dit que je n'avais besoin de rien !

J'en ai au moins trois des aspirateurs à la maison, je me vois mal vous en acheter un autre, surtout à mon âge !

LÉA

Je t'ai apporté des fleurs.

LA MÈRE

Si vous croyez m'avoir avec des fleurs !

Juliette est entrée peu à peu dans la chambre, mais se tient en retrait.

LA MÈRE (*en désignant Juliette*)

Une de vos collègues ?

LÉA

Maman...

LA MÈRE

Oh et puis cessez de m'appeler Maman, c'est agaçant à la fin ! Allez plutôt chercher un vase ! On me vole tout ici !

Léa hésite, regarde Juliette, puis finalement sort. La mère s'assied dans un fauteuil.

LA MÈRE

Vous faites un drôle de métier ! Pourquoi venir nous embêter jusqu'ici ! ?

Vous pourriez la refiler ailleurs votre camelote !

Elle s'affaisse, prend sa tête dans ses mains et la secoue. S'arrête soudain, la relève, regarde Juliette droit dans les yeux. Le visage de la mère est transformé. Ses lèvres tremblent.

LA MÈRE (*d'un ton très doux, et en anglais*)
Ma petite Juliette... Tu es déjà revenue de l'école... ? Viens ! Viens m'embrasser voyons ! Viens embrasser Maman...

Juliette reste figée.

LA MÈRE
Viens ma petite, Qu'est-ce que tu as ? Viens donc... Oh que je suis contente... que je suis contente...

La vieille femme tend la main vers Juliette, qui finit par la saisir. Sa mère l'attire contre elle. Juliette est partagée entre la stupeur, le désir de s'éloigner et l'émotion.

LA MÈRE
Tu sais, ils me laissent toute seule ici... Ils m'ont enfermée... je suis toute seule, toute seule... Remmène-moi à la maison avec toi, remmène-moi s'il te plaît...

La mère se met à sangloter... Juliette lui caresse les cheveux, le front. Léa revient à ce moment. Elle regarde la scène avec stupéfaction. La mère finit par lever la tête vers elle. Soudain, tout change de nouveau.

LA MÈRE (*qui revient au français*)
Ah non ! Ça suffit à la fin ! (*elle se rend compte de la présence de Juliette*) Et vous, qu'est-ce que vous faites contre moi, vous ne manquez pas d'air ! Vous allez me fiche le camp toutes les deux ! Dehors ! Dehors !

74. SORTIE HÔPITAL. BUS. RUE CENTRE VILLE. EXT. JOUR

Montage de différences scènes. On voit Juliette sortir de l'hôpital. Puis dans un bus de ville, debout dans l'allée centrale. Il y a pas mal de monde. Puis marcher dans une rue animée du centre ville. Puis terminer de composer un numéro de téléphone dans une cabine publique.

JULIETTE
Michel ? C'est Juliette...

MICHEL (OFF)
Bonjour Juliette, ça va ?

JULIETTE
Oui, je suis en ville, là... Je me disais qu'on pourrait peut-être se voir ?

MICHEL (OFF)
Je suis désolé, mais j'ai une réunion dans une demi-heure et...

JULIETTE
Mais peut-être qu'après votre réunion, on pourrait... Moi je peux flâner un peu en attendant...

MICHEL (OFF)
Elle risque de durer vous savez, et ensuite... je suis pris, j'ai quelque chose de prévu depuis longtemps avec un collègue. Une autre fois, d'accord ?

JULIETTE (*plus froide*)
D'accord. Excusez-moi. Au revoir.

MICHEL (OFF)
Au revoir Juliette...

Elle raccroche, déçue, d'autant qu'on sentait bien que Michel n'était pas très à l'aise au téléphone dans ses réponses.

75. UN BAR. INT. SOIR
Un bar assez étroit. Juliette debout au zinc. Elle a devant elle un verre de vin rouge. Elle boit de petites gorgées de temps à autre. Quelques clients à côté d'elle, devant une bière ou un Ricard. Aucun ne se parle. Chacun est perdu dans son verre ou dans ses pensées. Aucun ne fait attention à l'autre. Radio en fond sonore. Le patron fait ses comptes sur un calepin. Banal et étrange tableau humain.

76. MAISON LÉA. EXT. INT. NUIT
Juliette pousse la grille du jardin et entre dans la maison. Aucun bruit. Seule une lumière filtre de dessous la porte du salon.

JULIETTE
Il y a quelqu'un ?

Elle frappe à la porte de la bibliothèque de Papy Paul. Aucune réponse. Elle regarde à l'intérieur : le fauteuil est vide. Elle revient dans le hall, appelle de nouveau, toujours pas de réponse.
Elle se décide à ouvrir la porte du salon.
Elle découvre alors Léa, Luc, les petites, Papy Paul, Samir, sa femme (très enceinte) et Michel. Tous commencent à chanter, sauf Papy Paul. Un post-it sur lequel il a écrit « Tralalalalala... Tralalalalala ! »

TOUS

Happy birthday to you... Happy birthday to you... Happy birthday to you... Juliette ! Happy birthday to you...

Tout le monde applaudit. Les deux petites apportent deux paquets-cadeaux à leur tante. Juliette tente de parler, mais elle n'y parvient pas. Sa gorge se noue. Ses yeux s'embuent. Elle rit. Elle serre les enfants dans ses bras et les embrasse.

77. APPARTEMENT MICHEL. INT. JOUR

L'appartement de Michel. Michel étendu sur un canapé. Juliette est assise par terre. Sa tête appuyée contre les cuisses de Michel.

JULIETTE

Le plus terrible peut-être, ça a été la fin, les quelques semaines avant la fin, quand on m'a dit que j'allais sortir...
Je me suis mise à faire des cauchemars, toujours le même, j'avais ma valise, je passais la porte et je me retrouvais au milieu de nulle part, il n'y avait rien, ni personne, juste le vide.
Un jour on m'a dit que j'avais un parloir. J'ai cru à une erreur... C'est la première fois que j'allais au parloir. Il y avait une jeune femme dans la pièce, elle m'a souri. C'était Léa.

Je l'ai écoutée. Je n'ai pas parlé. Elle m'a dit qu'elle reviendrait. Ce soir-là, je me suis dit que je refuserais de la revoir, qu'elle appartenait à une vie morte pour moi. Et puis, juste avant de m'endormir, je me suis souvenue d'elle, petite, de la petite Lala comme on l'appelait, de ses dents en moins, de son sourire, de sa mèche au-dessus du front qui refusait toujours de s'aplatir... de sa main dans la mienne... C'est pour cette petite fille que j'ai décidé de revenir...

78. VESTIAIRE PISCINE RONDE. INT. JOUR

Léa et Juliette côte à côte, se regardant dans la glace et séchant leurs cheveux.

LÉA

Luc voudrait qu'on retourne à la montagne, « faire du globule rouge », comme il dit, il ne pense qu'à être en forme pour son foot à la noix...

Léa s'arrête, regarde le visage de Juliette dans la glace. Les deux sœurs regardent leur image intensément, comme si chacune cherchait dans les traits de l'autre la réponse à un mystère plus profond.

LÉA

Quand j'étais petite, je voulais tellement te ressembler...

JULIETTE

Et maintenant... ?

Un temps. Elles reprennent leur coiffure.

LÉA

Tu sais à quoi j'ai repensé cette nuit ? À *la Maison verte*, à Hossegor... C'est quand la dernière fois qu'on y est allées, l'année où je me suis cassé le poignet non ?

JULIETTE

J'y suis retournée une fois ensuite.

Léa regarde curieusement Juliette, mais elle n'a pas le temps de dire quoi que ce soit car des femmes passent dans le vestiaire. Leurs voix éclatent, joyeuses, bruyantes. Les femmes s'éloignent, leurs voix s'estompent.

LÉA

Je croyais qu'elle avait été démolie...

JULIETTE

Il y a quinze ans, elle était encore debout.

Léa regarde Juliette avec curiosité.

JULIETTE
J'y suis allée avec Pierre.

Léa regarde toujours le reflet de Juliette et n'ose pas poser d'autres questions.

79. MAISON LÉA. CHAMBRE JULIETTE. COULOIR. ESCALIER. ENTRÉE. INT. SOIR

Scène virevoltante. P'tit Lys admire Juliette qui termine de se maquiller dans sa chambre. Léa pointe le bout de son nez, très élégante. Elles descendent l'escalier ensemble. Luc est en bas avec Emélia dans ses bras. Vers la fin de la scène, Papy Paul attiré par le joyeux remue-ménage passe la tête par la porte.

P'TIT LYS
Oh t'es belle Tata comme ça !

JULIETTE
Tu trouves ?
(*elle prend des boucles d'oreilles*)
Celles-ci ou celles-là ?

P'TIT LYS
Hummm... Les rouges ! Et après le restaurant, c'est où que vous allez danser ?

Léa

Ah ah mystère Mademoiselle la curieuse !
C'est bon, tu es prête ?

Juliette

Voilà !

P'tit Lys

Tu sais danser toi Tata ?

Juliette

Comme une reine, je t'apprendrai si tu veux !

P'tit Lys

Oh oui ! J'aimerais bien venir avec vous !

Luc

Ben tu attendras encore quelques années ma quetsche !

P'tit Lys

D'abord je suis pas ta quetsche et en plus j'ai huit ans !

Léa

(*en chantonnant*) Huit ans... Huit ans... Huit ans ! Allez, salut les poulettes !

Soyez sages ! N'embêtez pas trop votre père, il a déjà l'air épuisé !

Léa embrasse ses filles, puis Luc qui lui glisse à l'oreille :

LUC

Vous rentrez pas trop tard quand même ?

LÉA

Compte là-dessus et bois de l'eau fraîche mon grand !

Elle l'embrasse de nouveau avec un sourire malicieux.

81. BOÎTE DE NUIT. INT. NUIT

Juliette et Léa, serrées au milieu d'autres gens, patientent dans l'entrée d'une boîte de nuit. Bruits. Rires. Musique. Léa semble ravie. La queue avance lentement. Le visage de Juliette se modifie. La musique devient de plus en plus forte, à la limite du supportable. Juliette paraît de plus en plus mal à l'aise. Léa qui est devant ne remarque rien. Le cadre se resserre sur elle. Au bout d'un moment, elle se retourne. Juliette n'est plus là.

82. PARKING BOÎTE DE NUIT. EXT. NUIT

Léa sortant de la boîte. Appelle sa sœur. La cherche. Elle finit par entendre des pleurs et des plaintes dans un angle des bâtiments. Juliette est là, à terre, recroquevillée sur elle-même, en larmes. Léa s'agenouille, la prend dans ses bras. Juliette en larmes. S'accroche à sa sœur comme à une bouée.

83. VOITURE. INT. NUIT

Léa au volant. Juliette recroquevillée sur elle-même à la place passager. Le visage défait par les pleurs. Léa roule un moment en silence.

LÉA

Tu peux tout me dire si tu veux... Tu peux me parler...

Juliette ne réagit pas.

LÉA

Je ne suis pas les autres...

Juliette tourne son visage vers Léa.

LÉA

Juliette, je ne suis pas les autres.

84. COMMISSARIAT. SALLE D'ATTENTE. COULOIRS. BUREAU. INT. JOUR

Juliette assise sur le même banc qu'à la séquence 12. Deux personnes à côté d'elle. Un jeune lieutenant arrive. Distant. Il tient une fiche à la main, qu'il lit.

LE LIEUTENANT

Fontaine Juliette... ?

JULIETTE

C'est moi.

LE LIEUTENANT

On y va.

Elle le suit dans les couloirs. Il ne lui adresse pas la parole. Il la fait entrer dans le bureau qu'on a déjà vu à la 13, mais le décor a légèrement changé. Des travaux de peinture viennent d'y être effectués. Il y a encore un escabeau, un pot, des pinceaux. Au mur une affiche officielle « *Police nationale* ». Posé contre le mur, par terre, le poster encadré de l'Orénoque. L'inspecteur s'assied, ouvre le dossier. Juliette hésite, reste debout. Il lui parle sans lever les yeux du dossier.

LE LIEUTENANT

Je suis le lieutenant Segral. C'est à moi que vous aurez affaire désormais pour le suivi de votre conditionnelle, je remplace le capitaine Fauré.

JULIETTE (*assez gaiement*)
Alors, ça y est finalement, il est parti pour l'Orénoque !

Le lieutenant arrête de lire le dossier, lève lentement les yeux vers elle, la regarde comme s'il avait face à lui une demeurée.

LE LIEUTENANT
Si l'Orénoque c'est se tirer une balle dans la bouche, oui, il y est bien parti, depuis dix jours exactement.

Juliette saisit d'une main le dossier de la chaise qui est devant elle, le souffle coupé.

85. TROTTOIR MAISON LÉA. EXT. JOUR
Juliette s'approche de la grille de la maison. Léa s'apprête à monter dans la voiture, où se trouvent déjà les filles et Luc, lorsqu'elle aperçoit sa sœur.

LÉA
Juliette ! Viens vite, on va à la maternité ! Kaïsha a accouché cette nuit, une petite fille, on va la voir !

Juliette secoue la tête négativement.

Léa

Allez viens, tu te reposeras plus tard si tu es crevée, les filles sont tout excitées !

Juliette

Laisse-moi.

Juliette entre dans le jardin. Léa ne comprend pas trop.

86. CHAMBRE JULIETTE. INT. JOUR

Juliette couchée sur son lit. Dans ses mains, posées et serrées contre son corps, une photographie qu'on ne peut pas vraiment voir, et une feuille.

87. SECRÉTARIAT HÔPITAL. INT. JOUR

Juliette range un dossier dans un grand meuble classeur. Une silhouette passe dans le champ.

Une collègue (off)

Le directeur veut te voir, je sors de son bureau...

Une inquiétude dans le regard de Juliette.

Juliette

Merci... J'y vais.

Elle fait coulisser le tiroir-classeur qui claque contre le meuble.

88. MAISON LÉA. JARDIN. EXT. JOUR
Sur une table dans le jardin, les deux fillettes, Léa et Juliette s'affairent à préparer des beignets de fleurs d'acacia. Toutes les quatre sont très joyeuses. Papy Paul allongé dans un transat lit et sourit.

JULIETTE
Non pas comme ça P'tit Lys, tu mets trop de sucre, deux cuillères seulement j'ai dit !

LÉA
Emélia, ne mets pas de la farine partout !

P'TIT LYS
Comme ça c'est bien Tata ?

JULIETTE
Oui, parfait, ajoute le lait maintenant !

P'TIT LYS
Tu crois qu'il y aura assez de fleurs pour tout le monde ?

JULIETTE

Oui, et même si ce n'est pas le cas, ce n'est pas grave, on ira en rechercher !

Luc revient du travail. Il semble étonné.

LUC

Ma parole, c'est la fête ! (*il embrasse Léa*)
Qu'est-ce qu'y se passe ?

Juliette et Léa se regardent et se sourient.

LÉA

Dis-lui...

JULIETTE

Je suis embauchée, définitivement.

LUC

Ouahh, je comprends, ça s'arrose !

MICHEL (OFF)

Pour une fois qu'un chercheur du CNRS comprend quelque chose !

Michel arrive avec quatre bouteilles de champagne sous les bras.

MICHEL

Bonjour tout le monde ! Et regardez qui me suit ! J'ai entraîné dans mon sillage l'Afghanistan affamé au grand complet !

Tout le monde se retourne. Arrivent Samir, sa femme et le bébé dans ses bras. Explosion de joie.

89. MAISON LÉA. CUISINE. INT. JOUR

Juliette revêtue d'un tablier pose un dernier beignet d'acacia sur un plat déjà bien rempli que tient P'tit Lys. On entend des voix joyeuses venant du jardin.

JULIETTE

Tu fais attention à ne pas te brûler, et à ne pas renverser non plus !

La fillette disparaît en portant son plat comme s'il contenait une couronne de reine. Juliette la regarde attendrie et s'essuie les mains. Léa entre. Les deux sœurs se regardent. Il y a beaucoup d'amour, de plénitude et d'intensité qui passent alors entre elles. Puis Juliette fait le geste d'ouvrir la bouche, mais suspend finalement sa parole.

LÉA

Quoi... ?

Juliette lui sourit et fait une mimique de dénégation. Elle regarde de nouveau intensément sa sœur.

Juliette

Merci...

90. MUSÉE DES BEAUX-ARTS. INT. JOUR

Juliette se promène dans un lieu que nous connaissons déjà. La caméra la cadre assez serrée. C'est elle que l'on voit, plutôt que les tableaux, son visage, en gros plan, avec derrière elle, le flou des œuvres. Elle marche. Soudain, elle remarque sur un mur, assez haut, un ange sculpté. Elle ralentit et s'avance vers lui, comme fascinée.

Michel (OFF)

Viens, je veux te montrer quelque chose...

Michel entre dans le champ, la prend par la taille. Le cadre s'élargit. Tous deux descendent un grand escalier circulaire qui s'ouvre sous l'ange.

91. MAISON LÉA. CHAMBRE JULIETTE. INT. JOUR

Juliette range, déplace un pull dans l'armoire. On aperçoit sans la distinguer vraiment la photographie et la feuille entre deux autres pulls. Juliette les prend, les regarde, les embrasse. Soudain on entend la voix lointaine de Luc.

Luc (OFF)

Juliette ? Il est déjà huit heures et demie, si tu veux que je te dépose à l'hôpital, c'est maintenant !

Juliette

J'arrive tout de suite.

Elle s'apprête à replacer la photographie et la feuille entre les vêtements, mais soudain elle hésite. Elle reste inerte, très concentrée. Finalement, elle se retourne et pose avec une grande délicatesse les deux documents sur le lit, bien en évidence. Elle est sur le pas de la porte, se retourne, regarde les feuilles sur le lit, ferme la porte d'un air soulagé, comme si elle venait de se libérer d'un grand poids.

93. MAISON LÉA. SALON. INT. JOUR

Grand ménage. Tapis et meubles poussés. Léa s'active.

Léa (*fort*)

Vous allez encore me dire quoi Marie-Paule, que c'est le chat, le vent, le saint-esprit ?

On distingue sur un meuble un post-it de Papy Paul sur lequel est écrit : « Badaboum boum boum ».

MARIE-PAULE (OFF, LOINTAIN)

Mais non Madame, j'ai jamais dit ça, c'est Papy Paul qui a fait un faux mouvement et la lampe est tombée. C'est pas ma faute tout de même !

LÉA

(*pour elle seule*) : Papy Paul ! c'est la meilleure de l'année ça...
Bon quand vous aurez fini la cuisine, vous viendrez me donner un coup de main pour déplacer la table ici, parce que je sens que je n'y arriverai pas toute seule !

MARIE-PAULE (OFF, LOINTAIN)

D'accord Madame !

Emélia arrive en gambadant dans le salon, et en gazouillant. Elle tient quelque chose dans sa main qu'on ne distingue pas encore.

LÉA

Oh, ça a l'air d'aller mieux ma grosse mémère, si j'avais su je t'aurais mise à la crèche, moi !

EMÉLIA

Maman ! Maman !

Elle tend ce qu'elle tient à Léa.

Léa

Qu'est-ce que tu as...

Au moment où Léa saisit ce que lui tend Emélia, elle se fige. C'est une photographie. Une photographie d'un petit garçon qui rit. Léa vient de reconnaître Pierre, le fils de Juliette. Emélia gazouille. Léa reprend pied.

Léa

Où as-tu pris ça ?

Emélia

Tata, ma Tata !

Léa

Emélia, c'est mal de fouiller dans les affaires des autres ! Je t'interdis ! Tu entends ! Je t'interdis !

La petite se met à pleurer.

94. MAISON LÉA. CHAMBRE JULIETTE. INT. JOUR

Léa entre dans la chambre, découvre l'armoire ouverte. Elle voit également une feuille sur le lit. Sans vraiment qu'elle le veuille, son œil accroche une écriture enfantine, des cœurs dessinés. Léa prend la feuille. Et la lit. On entend en bas la petite Emélia qui pleure toujours, qui appelle, « maman,

maman ». Léa tient tout à la fois la feuille et la photographie. La caméra glisse sur le texte suivant :

Un jardin sous la pluie
C'est doux et triste à la fois
C'est comme lorsque je suis
Maman quelques heures loin de toi.

Je vois dans tes sourires
La lumière et la joie
Si un jour tu dois mourir
Que ce soit après moi.

Ton petit Pierre qui t'aime

Léa très émue, retourne la feuille, et là, soudain, l'émotion fait place à l'étonnement. On distingue des chiffres, des résultats de dosage, des quantités, des formules. La caméra frôle tout cela, on se rend compte qu'il s'agit d'analyses médicales mais sans comprendre davantage. Léa regarde cela, intriguée. Elle hésite, puis sort de la chambre, va dans son bureau, photocopie le document.

95. UN CAFÉ. INT. JOUR

La caméra est à l'extérieur. Juliette dans un café. Lit. Regarde le dehors, les gens, sereine.

96. MAISON LÉA. DÉBARRAS PIANO. INT. NUIT

P'tit Lys et Juliette jouant et chantant, très joyeusement.

JULIETTE ET P'TIT LYS

Sur la plus haute branche
Le rossignol chantait
Chante rossignol chante
Toi tu as le cœur gai...

Juliette se lève.

JULIETTE (*en chantonnant*)

Je te laisse !

P'TIT LYS (*tout en continuant à jouer*)

Oh non ! !

On suit Juliette dans un couloir.

P'TIT LYS (OFF)

Maman viens alors, viens avec moi !

Juliette arrive près de Léa occupée à ranger du linge dans la chambre de P'tit Lys.

JULIETTE

Ça n'a pas l'air d'aller toi ?

LÉA

Mais si !

JULIETTE

T'es sûre ?

Léa arrête son rangement et regarde Juliette droit dans les yeux. On entend toujours le piano.

97. CLINIQUE. UN BUREAU. INT. JOUR

Un bureau. Samir, blouse blanche, stéthoscope autour du cou, occupé à lire la photocopie. Léa face à lui, anxieuse. Au bout d'un moment il lève la tête, l'air très préoccupé.

SAMIR

Pourquoi tu as déchiré le haut de la photocopie, là où il y avait le nom ?

LÉA

...

SAMIR

C'était P'tit Lys, c'est ça ?

Léa, qui ne s'attendait pas du tout à cela.

LÉA

Non, mais non... Pas du tout.

SAMIR

Tu me jures ?

LÉA

Je te jure que ce n'est pas P'tit Lys, Samir. Je te le jure !
Tu ne connais pas le... C'est quelqu'un qui est mort, qui est mort depuis longtemps.

SAMIR

Alors pourquoi tout ce mystère ?

LÉA

Je ne peux pas t'expliquer, s'il te plaît, ne me pose pas de questions, c'est très important pour moi... Très important. S'il te plaît...

Samir parcourt encore la feuille. Léa le regarde intensément, puis ses yeux se portent vers une photographie encadrée posée sur le bureau. On y distingue Samir, plus jeune, et à ses côtés une jeune femme ainsi que deux enfants de 4 et 6 ans environ. Tous les quatre sourient au photographe.

SAMIR

Il faut que je demande à des collègues plus spécialisés que moi, j'ai peur de te dire des bêtises... Tout ce que je peux avancer sans me tromper, c'est que c'était pas bon ça, pas bon du tout... Je t'appelle dès que je sais.

Léa lui sourit pour le remercier, se dirige vers la porte. Samir la raccompagne. Elle le prend dans ses bras, contre elle, tout en regardant une fois encore la photographie. Samir semble un peu surpris de cette marque d'affection, mais il remarque ce que regarde Léa.

SAMIR

Ils sont toujours ici, tu sais. (*il met la main sur son cœur*)
La guerre, elle est faible finalement, elle ne peut pas tout détruire.

98. RUE. EXT. JOUR.

Juliette attend devant un immeuble. Léa arrive en courant. Elles s'embrassent.

LÉA

Excuse...

JULIETTE

La fille de l'agence m'a laissé les clés. Elle nous rejoint dans quelques minutes.

99. APPARTEMENT. INT. JOUR.
Juliette dans un appartement vide, F3 ancien, avec du charme. Chacune dans une pièce. Elles se parlent sans se voir.

JULIETTE
Alors ?

LÉA
Oui...

JULIETTE
Ben qu'est-ce que tu en penses ?

LÉA (*un peu distraite*)
Oui, c'est pas mal...

JULIETTE
Rien de plus ? T'as pas l'air convaincu !

LÉA
Si, il y a de la lumière...

Juliette rejoint Léa. Un silence.

LÉA
J'aimais bien te savoir chez nous.

JULIETTE
Je trouve que tu n'es pas dans ton assiette depuis deux-trois jours, toi...

Les deux sœurs se regardent intensément. Léa s'apprête à dire quelque chose mais un bruit de porte l'arrête.

LA FEMME DE L'AGENCE (OFF)

Madame Fontaine ?

JULIETTE

Oui !

101. FAC. BUREAU LÉA. INT. JOUR

Léa assise à son bureau. Face à elle, toujours aussi bien habillé, Bamakalé, l'étudiant africain. Léa semble l'écouter d'une oreille distraite et lassée.

BAMAKALÉ

Comprenez-moi Madame, depuis plusieurs mois, j'ai vraiment le sentiment de me heurter à des murs, personne ne m'entend ! Je suis victime d'une erreur dramatique ! Je n'en dors plus, Madame ! Je ne sais plus du tout à quel saint me...

Le téléphone sonne. Léa décroche et fait signe à l'étudiant de se taire.

LÉA

Oui Charly, oui, tu peux me le passer, merci...

...
Samir ? Oui, c'est Léa... Je t'écoute...

Pendant un temps assez long, Léa écoute, avec une concentration extrême, ce que lui dit Samir. Peu à peu son visage se transforme, comme sous le coup d'une révélation incroyable. Elle finit par raccrocher après avoir simplement murmuré « merci ». Elle semble totalement avoir oublié la présence de l'étudiant. Celui-ci la laisse encore quelques secondes dans son silence, puis reprend.

BAMAKALÉ

Je vous disais donc que je suis victime d'une terrible injustice, et ce n'est pas la première qui est faite au peuple noir, vous le savez aussi bien que moi...

Léa se rend compte de nouveau de la présence de l'étudiant.

BAMAKALÉ

... mon peuple depuis des millénaires a été opprimé et...

LÉA

Monsieur Bamakalé, vous commencez vraiment à m'emmerder avec votre histoire de notes ! Vous entendez ? Vous m'emmerdez ! !

FONDU AU NOIR

102. ÉCRAN NOIR

JULIETTE (OFF, TRÈS EN COLÈRE)
Tu crois que les autres existent dans ces moments ! ? Tu crois qu'on se fiche de ce qu'ils peuvent penser, de ce qu'ils peuvent faire ! ? Ils sont de l'autre côté, de l'autre côté d'une vitre, dans leur vie bien chaude !

OUVERTURE AU NOIR

103. MAISON LÉA. SALON. INT. JOUR
Juliette et Léa dans le salon. Léa est en pleurs. Juliette, agitée, va et vient. On sent qu'on est au bout d'une longue douloureuse, profonde, discussion.

JULIETTE
Vous tous vous étiez des vivants, des bien vivants, de ceux qu'on en vient à haïr ! ! Pour ce qu'ils représentent, pour ce qu'ils sont !

LÉA
Mais nous aurions pu...

JULIETTE

Quoi ? Vous auriez pu quoi ? M'aider ? L'aider ? C'est ça ? Vous auriez pu l'aider ? L'aider à quoi ? Quand il hurlait tellement il avait mal ? Quand ses membres se tordaient, quand il étouffait, quand il en crevait d'étouffer, vous auriez pu l'aider à quoi ? Tu aurais dit quoi, toi ? TU AURAIS FAIT QUOI !? RÉPONDS ! RÉPONDS !!!

Juliette a dit ces derniers mots en attrapant Léa par les deux épaules et en la secouant violemment. Puis soudain elle s'arrête, craque, sanglote, se blottit contre Léa qui la prend dans ses bras.

LÉA (*très doucement*)

Je t'aime... Je t'aime...

JULIETTE

Dès le début, j'ai compris, dès les premiers signes... C'est à peine si j'ai lu les résultats des analyses... Mon petit Pierrot m'a chipé la feuille pour écrire son poème, il me l'a rendue, tout fier mon petit bonhomme...

Je le voyais si heureux, si beau, et je voyais le petit mort qu'il allait être. Et moi, moi, je sentais la douleur en moi, comme une grande main qui m'arrachait le ventre, le cœur, qui n'en finissait pas de me fouiller...

Juliette s'éloigne un peu de Léa, lui tourne le dos, et continue à parler. Léa se rapproche d'elle, caresse ses cheveux.

Je suis partie avec lui, on a dit que je l'avais enlevé... Oui, je l'ai enlevé, je l'ai élevé et je l'ai enlevé...
Un soir, nous avons fait une grande fête, c'était dans *La Maison Verte*... Il ne pouvait déjà presque plus bouger. Nous avons chanté, nous avons ri, je lui ai lu toutes les histoires qu'il préférait, et puis je l'ai couché. Je lui ai dit que je l'aimais, que j'allais lui faire une piqûre. Il m'a prise dans ses petits bras... Il m'a serrée fort... Il m'a récité son poème... Je suis restée tout contre lui... jusqu'au matin.

Léa est tout contre Juliette. Elle la serre dans ses bras. Léa l'embrasse. Un silence.

Après, plus rien n'a eu d'importance...
La prison... je l'ai voulue... D'une façon ou d'une autre, j'étais coupable... j'avais mis au monde un petit pour le condamner à mourir... Et puis je n'avais rien à

dire. Je n'avais rien à expliquer... Expliquer à qui ? Expliquer, c'était déjà se chercher des excuses... La mort n'a jamais d'excuses.
La pire des prisons, c'est la mort de son enfant, celle-là, on n'en sort jamais...

LÉA

Regarde...

Sur le jardin, des rayons de soleil se mêlent à une fine pluie.

LÉA

Regarde comme c'est beau...

On entend le bruit de la porte d'entrée.

MICHEL (OFF)

C'est Michel ! Il y a quelqu'un... ?

Les deux sœurs ne répondent rien.

MICHEL (OFF)

Léa... ? Juliette... ?

Juliette cesse de regarder le jardin. Elle se tourne vers Léa, lui sourit.

MICHEL (OFF)

Juliette... ?

Après un temps.

JULIETTE

Je suis là...
Je suis là !

FIN

Ce volume a été composé
par Nord Compo à Villeneuve-d'Ascq
et achevé d'imprimer en février 2008
sur presse Cameron
dans les ateliers de **Bussière**
à Saint-Amand-Montrond (Cher)
pour le compte des Éditions Stock
31, rue de Fleurus, 75006 Paris

Imprimé en France
Dépôt légal : mars 2008
N° d'édition : 01 – N° d'impression : 080561/4
54-51-6142/1